浅草のおんな

伊集院 静

文藝春秋

目次

カバー図案・染の里　二葉苑
とびら絵・福山小夜
装丁・野中深雪

浅草のおんな

初出　オール讀物

「浅草暮色」二〇〇七年十二月号／「橋の夕暮れ」〇八年五月号／「花火のあとで」〇八年八月号／「暮鐘」〇九年一月号／「無言詣り」〇九年八月号／「弁天の鼠」一〇年一月号／「浅草のおんな」一〇年六月号

浅草暮色

〝がめ煮〟を鍋から盛り鉢にうつし終えた時、浅草寺の鐘が鳴った。

いつもと違って、大晦日《おおみそか》の鐘の音はどこか威勢があるように聞こえる。余韻もはっきりとして寺の周囲の賑わいが伝わってくる。

志万《しま》は金ボウルに浸しておいたミョウガを出して拭きはじめた。表通りから仲見世を練り歩くチンドン屋の奏でるクラリネットの音色が聞こえる。〝美《うるわ》しき天然〟のメロディーが浅草にはよく似合う。

志万は浅草で暮らして四十年余りになる。天草の島を出たのが十七歳の冬だった。その歳月が長いのか短いのか志万にはわからない。夢中で生きてきたらそうなっていただけのことである。

ミョウガの香りが鼻を突く。ミョウガを冷蔵庫に仕舞い、ぐい呑みの盃が入った竹籠をカウンターの上に出した。

カウンターが七人、小上がりに三人、浅草の〝志万田《しまだ》〟はそれっきりの小店である。都合で客に我慢してもらっても十一、二人がやっとの大きさである。女が一人で切り盛りするにはそれが限度だ。手伝いの娘を入れたこともあるが志万の方が気を遣って疲れてしまう。五年前、連れ合いの大江留次《とめじ》が亡くなってからは一人で気楽にやっている。一見《いちげん》の客はめったに入って来ない。

木戸が音を立てた。磨りガラスに暖簾《のれん》が当たっていた。風が強くなったようだ。朝の天気予報がそんなことを言っていた。志万は裏に回って木戸を開け、軒先に干しておいた手拭いと干し魚を取り込んだ。両手でそれをかかえた時、むかいのトタン屋根を鳴らして突風が抜けた。冷気に鼻の先がツーンとした。

——冬の匂いだ……。

志万は胸の中でつぶやいて、もう一度風にむかって鼻をふくらませた。浅草の冬の匂いである。川風がかすかに水の気配をふくんでいる。この匂いが好きだった。

浅草に初めてやってきた時、酉《とり》の市《いち》にくり出した人の多さに驚き、戸惑い、おびえながら嗅いだ匂いが鼻の奥までツーンときた冬の匂いだった。その瞬間、自分の周囲にごまんといる人たちが同じようにこの冷気を吸って生きている気がして安堵を覚えた。

背中越しに木戸が開く音がした。志万はあわてて店の中に入った。

「いらっしゃい。あら親方、珍しいわね」

「これから田舎に帰るところだ。その前にお参りして行こうと思ってよ。駅を降りたらあんまり風が冷たいんで一杯やって行こうってな……」

鉄骨工事の親方である。宇都宮に家があり、帰省前に寄ってくれたのだ。たしか今は名古屋に出張って仕事をしているはずだ。

「名古屋からですか」

「そうだ。この前、三人目の孫が生まれたらしい」

「それはお目出度うございます。良いお正月が迎えられますね」

「ありがとうよ。そっちは新しい孫はまだかい」

「まだですね。あの跳ねっ返りが落着いてくれやしないんです」

この親方は娘の志津子を覚えてくれている。

「熱いのを一本つけてくれ、それにその衣被《きぬかつ》ぎと味醂乾《みりんぼ》しを焙《あぶ》ってくれ」

「味醂乾しは小鰯、それとも鯵？」

「どっちでもいいや」

熱燗《あつかん》の一杯目を目をつむって腹にしみこませるようにして呑んでいる客の顔を見ながら、志万は志津子がまだ高校生の時、この親方に酒の燗のことで、そんなに熱くちゃ喉が焼けるでしょう、と声をかけて店中が大笑いしたのを思い出した。

「何かいいことでもあったのか、嬉しそうにしてるぜ」

「いいえ、すみません。昔のことを思い出してたんです」

志万は親方にその話をしたが、親方はそんなことがあったかな、と小首をかしげた。

「今日はその跳ねっ返りの娘は戻ってくるのか」

「はい。この頃は少し大人になったせいか、やさしくなりまして」

木戸が開いて花川戸の保険屋の二人連れが入ってきた。

「今年一番の木枯しじゃないの」

手を擦《こす》りながら二人はいつもの角席に座った。

「あっ、がめ煮だ。私、今年初めて」

「今年初めてって、今日で今年は終るんだぜ」

保険屋の上司と女性事務員だが、夫婦のように仲が良い。出したビールを上司が事務員に注《つ》いでいる。乾杯も女の方が先にグラスを上げる。男がちいさく頭を下げて二人で一気にグラスを飲み干す。濡れた唇で男も女もウーンと声を洩らして笑い合う。男と女の垣根が低いのは見ていて安心する。

燗酒を三本立て続けに呑んで親方が立ち上がった。

親方が引き揚げるのを待っていたかのように馴染みの客が二人、時間を置かずに入ってきた。一人は大学院生の時代から通っていて、今は薬品会社の研究室にいる男だった。常連客の中では一番若いために客からは片岡という姓からカッチャンと呼ばれている気のやさしい客だった。

「あらカッチャン、奥さんの田舎に行かれたんじゃないんですか」

「それが、今取りかかってる研究が年内に終らなかったんだ。年明け早々に結果が出そうなんだよ。まったく生き物相手は思うように行かないよ」

「そうなんですか。じゃ今日も出社なさったの。なら食事まででしょうに。簡単なものならこしらえますよ」

「いや女房がいないんでひさしぶりに一杯やろうかな。大晦日だし」

「それもいいわね。でも少し口に入れてから呑んだ方がいいですよ。寒鰤《かんぶり》の美味しいのがあるから白飯《ごはん》とおみおつけでひと口食べときなさいな」

「女将《おかみ》さんにそんなふうに言われると学生時代を思い出すな」

志万は相手の言葉に笑いながら火を点《つ》けた。

すぐにもう一人の客が入ってきた。隅田川の屋形船を持つ会社の三代目である。

「いや寒いね。初詣の客が出しぶらないといいんだがな……」

「いらっしゃい。今日は早いんですね」

「そうじゃないよ。骨休みに来たんだ。ちょっと用があるからと言って抜けてきたんだ」

「おや、そうなんですか」

客同士顔見知りなので互いに会釈している。

三代目にはすぐにグラスに常温の酒を注いで出した。塡《は》めたままの軍手を取ってグラス半分の酒を呑むと、妙な顔をして志万を見返した。

「わかりますか？　今夜は少し奮発して吟醸酒を用意したんです」

志万が笑って言った。

「どうりで、何かあったのかい？」

「何もありゃしませんよ。大晦日だし、皆さんには普段お世話になってますし、ほんのお礼の気持ちですよ」

「本当？　じゃこっちにも一杯」

保険屋の事務員が言った。

「はい、どうぞ……」

刺身と味噌汁で腹をおさめたカッチャンも吟醸酒を呑みはじめた。

「本当は何かいいことがあったんじゃないの。吉乃川の吟醸なんて結構するんだろう」

「何もありませんて。こんな歳で何があるんですか……」

三代目が壁に貼った相撲の番付表を見ていた。

「そうだな。年が明けりゃ、初場所だ。女将さんの贔屓《ひいき》は頑張ってくれるといいね」

その声を聞きながら志万は芯とり菜にお揚げの炊きものを小鉢に分けていた。

志万は芯とり菜の透き通った青を見ながら、昨夕の志津子の電話の声を思い出していた。

「それは本当なのかい。本当なら母さんは嬉しいよ」

『そんなにすぐに喜ばないでよ。ともかく明日連れて行くから逢ってみてよ』

「えっ、明日かい。本当なんだね」

志津子が以前から話していた再婚相手を逢わせたいと連絡してきたのだ。

志津子は四十歳になる志万の一人娘である。今は独りで赤羽に住み、池袋にある会社に勤めている。三十歳前に一度嫁に行き、男児をもうけたが擦《す》った揉《も》んだの末、その児を嫁ぎ先に置くかたちで離婚した。

娘には腹を痛めた児だし、志万にとっても初孫だったから辛い別離だった。志津子は裁判にまで持ち込んで児を引き取ろうとした。泥沼になった場面を片付けてくれたのは留次だった。

「赤児《やや》の手を引っ張り合うな。一番痛いのは児だ。どこで育とうが親と子の縁は切れるもんじゃねえ」

煙草を手でもてあそぶようにして、遠くを見つめるような目でぽつぽつと語る留次の独特な話し方を娘と二人で聞いていた時、志万は背中を打たれた思いがした。

相手の身勝手な離婚の事情が志万にはわかっていたから娘に加勢していた。志万は留次のひと言で娘を説得した。

それまであまり打ちとけることがなかった父娘だったが、二人はそれを機にちょくちょく逢うようになった。留次と志津子がしっくり行かなかったのは、志万が留次の正妻ではなかったからだった。家に訪ねてくるのは休日の昼内だし、志津子がものごころついてから親子三人で出かけたことなどほとんどなかった。しかしそれは志津子の記憶で赤児の頃はよく温泉や潮湯治に出かけてくれた。思春期の多感な時に見た留次の様子が娘には許せなかったのだろう。けれどそれを口にする娘ではなかった。

志津子が出戻ってほどなく留次が身体を悪くして入院するようになってからは店が忙しい志万にかわって留次の面倒を最後まで看てくれた。

「あの子はやっぱり、俺とおまえの娘だね。譲らないところは頑として曲げやしねぇや。怒った時の目元が若い時分のおまえそっくりだ。なーに再婚相手はすぐに見つかるさ。あの艶気《いろけ》ならもう相手もいるんじゃねぇか」

留次は病室のベッドの中で面白がっているように笑った。

「いやですよ。そんなふうにあの娘を見てたんですか」

ベッドカバーの上に置いた骨太い留次の手の甲を叩くと、留次は大袈裟《おおげさ》に顔をしかめた。

「なんだ？　妬《や》いてるのか」

二人して声を上げて笑っていた時、病室に看護師が入ってきて二人を見て目を丸くしていた。

自分が今こうしてやっていられるのは、一から十まで留次のお蔭である。

四十一年前のあの夜、弁天堂の脇で留次に声をかけてもらわなければ志万はどうなっていただろうかと思う。

留次は志万を抱擁する時、吐息をまじえながら、おまえは俺の観音さまだ……、とつぶやくことがあった。しかし志万に言わせると、浅草寺の観音菩薩さんの目は遠くを見ている時の留次の、あの目にとてもよく似ていた。

身もこころも留次に預けて志万は他のどの女よりしあわせだったと思う。妾と呼ばれてうしろ指をさされようが、志万には留次に支えられてきた自負があった。他の女が知らない留次のおもいやりも、やさしい愛撫も自分はすべて与えてもらった。

留次を知って浅草に住むようになり、留次と歩むことでこの街の人情にふれた。

「南天か……、今年も恋の実は結ばなかったな」

小上がりにかけた客の一人が志万の背後の柱に吊した花入れの南天を見て言った。

志万は手元で鯛の身を切っている。保険屋からの注文だ。鯛茶である。鯛茶漬けを教えてくれたのは留次だ。

留次は子供の時に流行熱に冒されて腎臓をやられたので酒はたしなむほどしか飲まないが、食べるものには目がなかった。身体は小柄だが父親の代からの港湾の荷役の仕事を子供の時分から手伝っていたから、裸になると驚くほど強靭な身体をしていた。留次の自慢は先々代の春日野親方、名横綱栃錦と中学時代に相撲を取って負かしたことだった。留次の相撲好きは有名だった。志万が留次と知り合うきっかけも相撲だった。

喰い道楽の留次に連れられていろんな店に行き、美味しいものを口にし、それを手本に留次に料理をこしらえた。こりゃ美味い、玄人跣《くろうとはだし》だぜ、と留次に誉められている頃に志万から小料理屋を出したいと言い出した。留次は最初反対したが、志津子も手がかからなくなったので強引に頼んで店を出してもらった。だから店のメニューのほとんどは留次の好物ばかりだ。しかし店を出してから留次は客として一度も店に入ったことはなかった。浅草では少し名前が知られた男だったから留次が店に気遣ってそうしたのだろう。志万は店をはじめてすぐに、留次の顔が見られないのなら店を出すのではなかったと思った。そんな志万に留次は言った。はじめはどうかと思ったが店を出して良かったな、おまえまた若くなってるぜ。妙に艶っぽいぞ、と誉められた。お世辞とわかっていても志万は留次に誉められると嬉しかった。留次は人の気持ちをそらさない物言いをする男だったが、実際、志万は歳よりずっと若く見られる方だった。娘の時代は大人びて見られたが女になってからはずっとかわらずにいるらしい。それは志津子も同じで、四十歳になったのに三十歳そこそこに見える。志津子の場合は体格が良いせいもある。小学生の時分から同級生の子より頭ひとつ抜けて大きかった。

「志津ちゃんにもずいぶんと逢ってないな。相変らず気が強いべっぴんなんだろうな。あの時、ボクにもう少し甲斐性があったらな……」

少し酔ったのかカッチャンが頬杖ついて懐かしむように言った。

カッチャンはいっとき志津子にご執心だった時期があった。大学院生だったカッチャンは歳上の志津子を誘って映画を観に行ったり、コンサートを聴きに行ったりしていた。志津子もベビーフェイスでどこか頼りなさそうなカッチャンをなぜか気に入って二人でいそいそと出かけていた。それが同級生の結婚式で見初められた青年に熱烈な求愛を受け、押しに押しまくられ相手の両親までが説得に来て、あっさり嫁いでしまった。絵に描いたような一目惚れで志津子の勤める会社の前で相手は退社時間の一時間も前から待っていた。赤坂にいくつかのビルを持つ家の一人息子だったから時間がある上に金を惜しみなく使った。志万にも訪ねて来る度にいろんな贈物を持ってきた。女はそうやって大事にされると気持ちが動いてしまう。

留次はこの結婚に何も言わなかった。立場上、口を出さないと決めていたのだろう。相手が留次に挨拶したいと言ってきたが逢おうとしなかった。

『相手に請《こ》われて嫁ぐのが一番いいやな』

それだけを言った。

結納がわりにホテルのレストランで仲人と食事をした時、相手の母親から出身のことをさらりと訊《き》かれた。

「九州、天草の漁師の娘でございます。他には何もありゃしません」

あの時、母親の表情が一瞬かわった。それに気付くべきだったと志万はあとで自分のお人好し加減を悔んだ。それに気付いていれば、子供の時から他人を羨やんだり悔しい思いをさせないように育てた志津子に、唇から血がにじむほど歯ぎしりさせ、あんな人たちに洋輔を育てさせたくはない、と涙を流させることもなかったと思う。

最後の始末は留次が志津子を連れて相手の家に行って済ませた。家裁から聞いていた相手が提示した慰謝料もどうなったのか志万は知らない。ただその日以来、二人は折につけ逢うようになった。

――ひとつ悪いことがあればひとつ良いことがやって来る。

志万は留次から教わった言葉を自分に言い聞かせた。

保険屋の二人が引き揚げて、小上がりにいた靴工場の職人たちがいつものように手早に呑んで食べて丁寧に年内の挨拶をして出て行った。これから吉原の方にでも遊びに行くのだろう。

志万はちらりと時計を見た。八時を少し回っている。志津子はまだ連絡もよこさない。何か急な用事でもできたのだろうか。

木戸が開いた。

甲子《きのえね》である。渋い臙脂《えんじ》色のジャケットにグレーのタートルを着てソフト帽子を目深に被り、志万を見てかすかに笑った。顔を見なければ上から下まで留次そのままである。

「甲子さん、いらっしゃい。今年もお世話になりまして」

「いや、こっちこそ〝志万田〟で志万さんの顔を見なきゃ、年は越せないからな」

チェッ、と三代目が舌打ちした。

「おう、来てたのか。大丈夫なのか、隅田の与四屋の三代目が大晦日にこんなところにいてよ」

「大丈夫だ。人の商いは放っといてくれ。それにしても相変らず気障《きざ》な野郎だぜ。志万さんの顔を見なきゃ年が越せねぇなんてことは、俺は思っても口にゃしないぜ。仲見世のラポールのマダムにも同じことを言ってるだろう」

三代目が呆れたように言った。

ラポールは仲見世にある喫茶店でそこに美人と評判のママがいた。三代目と甲子は浅草の中学の同級生だった。留次は彼等の先輩になる。甲子は若い時から留次に世話になったらしい。留次の家業は港湾の荷役を請け負う仕事だったが、元々は東北、北関東から東京市場に運ばれる産物は利根川から隅田川を経由して入ってきた。留次の父親はその荷役を請け負うことで一時は大きな商いをしていた。人足、仲仕が出入りする家だったから父親も留次も気性が荒いのは平気であった。一度、甲子から若い時の留次がひどい暴れん坊だったことを聞かされた。それを留次に話したら甲子はこっぴどく叱られたらしい。

甲子は本名を桜井というが、彼が営む骨董店の屋号から〝甲子〟と店では呼ばれている。人の好い男である。この店を出すにあたってハコを探し出し家賃も安くするように周旋屋に掛け合ってくれたのも甲子であった。

店の〝志万田〟も甲子が勝手に決めて暖簾を染めて持ってきた。それを聞いて留次は苦笑していた。留次も志万もその名前が気に入った。

三年前に女房に先立たれて、今は気ままに独り暮らしをしていた。

「ほう、一年振りに見る三輪寿雪だな。先代の寿雪は違うな」

甲子が柱に吊した萩焼の花入れを見て言った。

「南天の赤と松葉の緑が萩焼の白によく映えるな……」

　三代目がまた舌打ちした。

　甲子は三代目と逆側の隅に座った。二人はいつもこう並ぶ。カッチャンが二人の間にぽつんと座って酔った目をうつろにしている。

「相変らずですね。お二人とも……。ご存知ですか。女将さんは今夜、いいことがあるようですよ」

　カッチャンがしゃっくりを上げながら言った。

「ほう、いいこととは何だい？」

「何かあんのかよ」

　甲子と三代目が口を揃えて訊いた。

「何もありゃしませんよ。カッチャン、変なことを言わないで下さいな。少し呑み過ぎですよ」

「そうかもしれません。女将さん、これって五年前の大晦日も、三年前の大晦日も、同じだったって知ってますか」

　志万と甲子と三代目が同時に顔を上げてカッチャンを見た。

「何の話？」

「何の話だよ？」

「何の話をしてんだ？」

「だから〝志万田〟の大晦日で同じことが起きてるんですよ。客は甲子さんと三代目さんとボクで、こうして女将さんとむき合ってる。そうしてもうすぐ同じ人が店に入ってくる……」

　カッチャンがそう言った時、木戸がガラガラと開いた。

「ほらね……」

三人が目を丸くして木戸の方を見た。

「遅くなってごめんね。仕事が終わんなくてさ」

志津子が顔を覗かせて赤い舌をぺろりと出した。

「何だ、あんたか。カッチャンが変なことを言うもんだから」

「エッへへへ、皆いるんだ」

志津子は店の中を見て笑った。

「さあ早く入んなさいよ。大丈夫だから」

志津子が外にむかって催促している。連れがあるのを知って客たちが姿勢を直した。

志津子のあとから男が一人のそっと入ってきた。客がいっせいに男を見た。志万は相手の顔をすぐに見ることができず、いらっしゃいまし、と目を伏せたまま言った。

客たちが席を移して、目の前に志津子と男が座った。志万は箸と箸置きを相手の前に差し出した。目が合った。長い睫毛《まつげ》と黒目がちの瞳が志万を見て、すぐに視線をそらした。

その瞬間、志万は何だか拍子抜けした。

——何だ、赤坂の馬鹿息子とそっくりじゃないか……。

志津子を見ると嬉しそうに自分を見ていた。その目が、どうかしら、と訊いているふうに思えた。

志万は大きく吐息をついてから、お飲みものは何になさいますか、と訊いた。相手は志万の方を見ずに志津子をじっと見ていた。

「ねぇ、何を飲むの」

「何にしたらいいかな」

その応対に三人の客の身体が動いた気がした。

お腹の方はどうなんですか。志万が訊いても要領を得ない。加瀬君、母さんの料理は天下一品だから食べましょう、志津子が何もかもを決めていく。志万は二人にとっておいた寒鰤と蒸鮑《むしあわび》を出した。それは鰤よ。平気だから食べてみなさいよ……。

三人の客は黙って呑んでいる。木戸が暖簾に叩かれて、カタカタと音を立てる。

「母さん、加瀬君はさ、一人でＩＴの会社を立ち上げてさ、会社はとても順調でさ、これからどんどん大きくなるのよねえ……」

「うん、なるね」

「それはお若いのにご立派ですね」

志万はそう言って、相手の顔をまじまじと見た。女性のような目元が誰かに似ている気がした。

相手は志津子の耳元で何事かをささやいた。

「そうね。母さん、混まないうちに私たちお詣りをしてくるわ」

「あっ、そう」

志津子が立ち上がると相手もならうように立ち上がった。胸のポケットから札入れを取りカードを差し出した。

「ここはいいの。私がするから。そんなものを出す店じゃないのよ。昨日言ったじゃない」

「あっ、そうだね」

「母さん、ご馳走さま。あとで寄るわ」

男は志万にぺこりと頭を下げ、先客たちに会釈した。三人は揃って頭を下げた。

二人で出て行くと、志万は吐息をついた。

「今の見た？　ブラックカードだよ」

カッチャンが言った。

「女将さん、そのぬた和え、こっちに貰おうか」

三代目が志万の手元の小鉢を見て言った。

「ふたつあるなら俺も喰おう」

すみませんね、と志万は甲子と三代目の前に小鉢を出した。

「あれが志津ちゃんのいい人か。何だか昔のボクを見てるようだったな。女の人って同じタイプの人に惚れるんだね……」

皆がカッチャンを見た。それにかまわずカッチャンは話していた。

「辛い目に遭って別れても、また同じタイプに惚れてしまう。おかしいもんですね」

「カッチャン、おまえ、大人になったな」

甲子が感心したように言った。

「そうですか。ボクはちっともかわりませんよ。今の男に妬いてますもん。ブラックカードなんか出しちゃって、上手いことやってんだろうな。嫌いだな、ああいうタイプ……」

「おいおい、志津ちゃんに失礼だろう」

「失礼じゃ、ありません」

その声が大きかったので三人は志万を見返した。

ぼちぼちだな、甲子が言うと、ボクも帰って家で映画でも観よう。カッチャンが立ち上がった。こっちも休憩は終りだと三代目も立ち上がった。小上がりの脇でコートを取りながらカッチャンが初場所の番付表を見て言った。

「女房と子供は一月一杯実家にいると言ってたからひさしぶりに初場所に行ってみようかな。志津ちゃんとよく両国に行ったたっけな。誰だったたっけ志津ちゃんの贔屓の関取、琴、琴……」

「さあ行った、行った」

小首をかしげるカッチャンの背中を三代目が押すようにした。木戸を開けると風が勢い良く入ってきた。志万は目を細めて、甲子と三代目の顔を見て頭を下げた。


志万は小上がりに腰を下ろしてぼんやりとしていた。

時計を見ると十一時を回っている。そろそろ閉めなくては、もう客はないだろう。

志津子の連れてきた男の顔を思い浮かべた。

——どういう人なのだろうか……。

店を出て行く前の志津子の表情がよみがえった。気まずそうな顔をしていたように思えた。自分の不機嫌をさとられたのだろうか。

カサカサと音がして振りむくと番付表の端の画鋲《がびょう》が飛んでいた。小机の下を覗くと小上がりの畳の隅に転がっていた。手を伸ばそうとする蔭から蜘蛛《くも》が一匹あわてて壁を這い上がった。可愛らしい。

「こんなとこでおまえは何をしてたんだい」

志万は画鋲を指先でつまんで番付表の端を留めた。

東西の力士の名前を眺めた。下方の序二段あたりの文字はちいさ過ぎて読めない。

この文字が平気で読めて、一人の力士の四股名《しこな》を夢中で探し、何度も見ていた時があった。

琴□□。横綱まで昇りつめた名力士だ。本名は和田雅美《わだまさみ》。同じ天草で生まれ育った幼馴染みの若者だった。家も同じ漁師だった。ひとつ歳下の気の弱い少年だったがその分こころねはやさしかった。いじめられて泣いているのを見つけ、男の子だからやり返さなくてはと叱った。泣きやまないのでずっとそばで見守っていた。中学校に上がる頃から身体がみるみる大きくなり、相撲を取りはじめると高校生も負かし出した。〝牛深の和田〟と評判になり、熊本県大会で優勝した。島に昭和の名横綱と呼ばれた親方がわざわざやって来て雅美は東京に連れて行かれた。島を出る前夜、雅美は志万に逢いに来て、東京に行きたくないと泣いた。志万は雅美を叱った。雅美は大きな身体でだだをこねる子供のように志万に抱きついた。関取になったら必ず応援に行くから、頑張るように言い聞かせた。月に一度拙《つたな》い文字の葉書が届いた。志万も返事を出した。一年が過ぎようとする頃、葉書が途絶え、その年の秋の終り、朝早く、漁業組合に電話が入ったと呼ばれた。雅美だった。電話のむこうで泣いていた。島に帰ると言う。関取になって志万を迎えに行くつもりだったが、怪我をしてしまい、もうだめだと涙声で話していた。場所中を見越して部屋を出てきたと言った。部屋に戻るように言ったが泣きじゃくるだけだった。その時、志万はすぐに逢いに行くから私が行くまで待っているように言った。なぜそんなことを口走ったのか今でもわからない。若かったのだろう。書き置きを残して島を出た。博多駅に着いた時は日が暮れていた。待ち合わせた公園の隅に雅美はいた。海沿いの安旅館に泊り、翌朝、部屋に連れて行った。何度も志万を振りむく雅美をうながし部屋の宿舎の寺の門に雅美が消えた時、志万も涙が零《こぼ》れた。歩き出すと雅美に抱きつかれた身体に痛みが走った。一緒になろうとしがみつかれながら女になった。島に戻ったが、いてもたってもいられなかった。親に勘当だと怒鳴られながら島を出た。四十数年前の十二月のことだった。

暖簾を下ろして、志万は浅草寺の方角の空を見上げた。

空が明るかった。鐘の音がして空が揺れた。この夜空を目にすると志万は頼もしくなる。浅草はこうじゃなくてはいけない。聞こえてくる喧噪《けんそう》に浅草寺の賑わいが伝わってくる。

暖簾をかかえて店に入った。

時計を見るとほどなく年が終る時刻だった。

椅子をひとところに寄せていると床に何か落ちていた。ライターである。三代目のものだ。今夜も忙しいのにわざわざ顔を見せに来てくれた。

少し不器用だが、真面目な三代目の顔が浮かんだ。どこか幼さが残る三代目の顔に、甲子の声が重なった。

「志万さん、どうだろうか。来年の七回忌が終ったら俺と一緒になってくれないだろうか」

秋の初め、留次の法要の帰り道で甲子は話を切り出してきた。

そんな予感はあったが、その言葉はやはり唐突に聞こえた。

「何を言い出すんですか。からかわないで下さいよ」

「冗談で話してるんじゃないんだ。留次の兄貴には叱られるかもしれないが、俺はあんたが独りになった時から……」

その時、駒形の方からトラックがクラクションを鳴らして近づいてきたから、志万は、じゃ、またと笑って小走りに家の方にむかった。

甲子を嫌っているわけじゃない。甲子に打ち明けられた翌週、店で三代目と二人っきりの夕刻、葛西にできた老人福祉施設の話をしていた時、三代目が言った。

「そんな所に入ったって楽しいはずはねぇよ」

「そうかしらね。お仲間がいれば淋しくしないで済むんじゃないの」

「淋しい時があるのかね」

「そりゃ女の独り暮らしですもの」

「そうか……」

「そうかって、そんなに気強く見えますか」

「気強いかどうか女のことは俺にはよくわからない。けど、おまえさんが独りで淋しいんなら、一緒に居てやってもいいよ。ただし、俺でよかったらな」

「まあ冗談を……」

志万は笑って言ったが三代目は真面目な顔でこっちを見ていた。その目を見た途端、頬がいっぺんに熱くなった。そんな身体の反応は何年もなかった。

——俺でよかったらな……。

留次が花川戸の小料理屋でそう言った。

和田雅美を追い駆けて志万は天草を出た。

十七歳の冬だった。住み込みで働ける牛鍋屋で働きはじめた。鷲《おおとり》神社の酉の市に雅美と二人で出かけたのはその年だった。

一年休みなしで働いて、安アパートを借りた。休日になると雅美はアパートに来て過ごした。三年目に雅美が序二段優勝して初めてテレビに映った。テレビのアナウンサーが言った。〃琴□□は怪我を克服してよく優勝しました。相撲振りも評判ですが、五月人形を思わせる姿はひさびさの好男子です〃。それを聞いて志万は自分が誉められているように嬉しかった。半年後に幕下優勝し、雅美の周囲の様子がかわりはじめた。タニマチに連れられて出かけることが多くなり、連絡してくる数が減った。出世をしたのだと、志万は自分に言い聞かせた。半年前、雅美に連れられて志万は親方にも挨拶に行っていた。その時、親方に言われた。

「これが一人前の関取になるまでは皆で相撲だけをさせるようにしてやってくれ。稽古も普段の暮らしも我慢だ。辛抱が肝心だ」

志万は親方の言うとおりだと思った。

雅美に女がいるという噂が耳に入った。そんな話は若い関取にはよく出る話だと志万は知っていた。部屋の後援者の娘だと聞いた。それでも雅美はアパートに来ると以前のままで大きな身体で甘えた。十両でふた場所勝ち越して雅美の名前があちこちで話題に出るようになった。逢う度に雅美の男っ振りが上がるのがわかったし、志万の身体の扱いようが大人びてきた。新しい女の噂が出た。親方の娘さんだった。前の娘とは違って、今回は真実味があるような噂話だった。

志万は勤めていた料理屋の二階から二人の姿を見た。映画館から雅美は腕を組んで若い女と出てきて、浅草の大通りを笑って歩いていた。志万が働く店の真ん前だった。怒りが込み上げてきた。翌日、志万は部屋に電話したが留守だと言われた。名前を名乗り連絡が欲しいと言った。どちらさんでと訊かれた。その声は知っている付け人の声だった。いつまで待っても連絡は来なかった。幼い時から知っている雅美のことを考えると居留守を使っているとは思えなかった。部屋に行った。親方が出てきて志万に別れるように言った。志万にはそんな話は受け入れられなかった。雅美に逢わせて欲しいと言っても、親方は頑としてできないと言った。

巡業に出かける前夜、雅美が逢いに来た。志万を見る目が以前の雅美の目と違っていた。それでも志万は雅美にしがみついた。三年の間に身体が覚えた快楽に志万は逆上した。台所から持ち出した包丁を手に、鼾《いびき》をかいて寝ている雅美を睨みつけた。それ以上は身体が動かなかった。

堪《こら》えていた感情が堰《せき》を切ったようにあふれ出した。志万は仕事を休み、夜の浅草の街をさまよった。この街の違う顔を見た。そんな時、店に出入りしていたやさ男が声をかけてきた。つまらない男とわかっていたがやさしくされると、気持ちが動いた。アパートに男を入れた。一ヶ月余り男が入り浸り、姿を消すと、通帳と判子が失せていた。雅美と所帯を持った時のために貯えていた金だった。必死に男を探したがどこにもいなかった。三ヶ月が過ぎ、妊娠しているのがわかった。雅美の子なのか、あの男の子なのかわからなかった。自分が情なかった。思い直して仕事に戻ったが続かなかった。箍《たが》が外れた木桶のように辛抱が洩れて行った。昼間から酒を飲み、夜になると街をうろついた。身体を売る女に間違われ声をかけられた。或る夜、死んでしまおうと川にむかって歩き出した。最後に浅草寺を一目見ようと思った。意識が朦朧《もうろう》としたまま弁天堂にむかった。おいおまえさん、大丈夫かぁ……、誰かの声を聞いて倒れた。

目を覚ました時、視界の中に一人の男が、小椅子に腰を下ろして庭を見ていた。

大江留次だった。志万は待合いの奥座敷に二日も寝ていた。

「どうしたい？　目が覚めたか」

何でもない顔をして留次が笑っていた。

それから留次は何も聞かず面倒をみてくれた。生まれてきた赤ん坊を留次は嬉しそうに抱き上げていた。志津子という名前も留次がつけた。

三年もたって男と女の仲になった夜、留次がぽつりと言った。

――俺でよかったら、面倒をみさせちゃくれないか。

仲見世の通りから人の声がはっきりと届く。

風が止んだようだ。

志津子はまだ帰ってこない。あの男とどこかで楽しくやっているのだろう。

今夜はいろんなことがいっぺんに思い出されて、一人でいるのが淋しく思える。小上がりの框《かまち》に置かれた三代目の忘れたライターを手にした。妙な重みがある。

志万は立ち上がってライターを棚の上の箱に仕舞った。そうして柱に吊した花入れを下ろし、松飾りを抜いて水を流した。飾りは家の玄関に掛ける。花入れの水を切り、手拭いで拭った。

〝志万田〟の開店の日、留次が持ってきた花入れである。

「安物の一輪差しだ。気に入りゃいいが」

木戸前で包みを渡された。

「中を見て下さいな」

「大丈夫だ。角を曲がったらいい恰好をしてたぜ。浅草らしいいい店だ」

そう言ったきり留次は来た道を引き返して行った。

「大丈夫だ……」

心配事を持ちかけると留次がまず口にしていた言葉だ。その一言で胸のつかえがすっと下りていった。

志万は小上がりに腰を下ろした。

時計の針が重なり合おうとしている。膝の上に抱いた花入れの白が灯りにきらっと光っている。

志万は着物の上から花入れの口をそっと下腹にあてた。かすかに痛みがあった。

――私、大丈夫かしら……。

つぶやいた志万の背後に蜘蛛が一匹じっと動かずにいた。

橋の夕暮れ

葉桜が頭の上の方でざわめいているのを耳にしながら志万《しま》は墨堤《ぼくてい》通りを右に折れ、吾妻《あづま》橋の袂《たもと》に立つとちいさく息をもらした。

空を見上げると、雨をかかえこんだような雲が浅草の町の上に低く垂れこめている。午後の三時を過ぎたばかりなのに夕暮れの気色だ。朝の天気予報では夜遅くに降り出すと言っていたが、早くに雨模様になるのかもしれない。

――なんとか踏ん張ってくれないかしら……。

志万は浅草寺の方にむかって、お願いしますね、とつぶやいて、手を合わせた。そうして唇を結んで橋を渡り出した。橋を渡る度に、今日も頑張らねば、と志万は自分に言い聞かせる。朝の仕込みの時と合わせて一日に二度、この橋を渡る。

蔵前の方から足元をさらうような川風が吹き寄せた。思わずよろけそうになった。着物の襟元をおさえ前かがみで橋のなかほどまで来ると、目の前を黒い影が横切った。志万は立ち止まり、行き去った影を目で追った。

燕《つばめ》である。一羽の燕が美しい流線型の飛翔をして言問《こととい》橋の方に飛んで行こうとしていた。燕は、一瞬、上昇し身を翻《ひるがえ》すようにして隅田川の水面にむかって急降下して行った。今年初めて目にする燕である。志万の顔がほころんだ。生まれ育った天草の島の家にも燕がやってきた。祖母も母も、春先、燕が家に戻ってくると喜んでいた。よう頑張って帰ってきたとね。そう言って燕が巣作りをし、仔を産み育て、次に飛び立つのを見守っていた。

〝燕はその家にしあわせを運んでくるとよ〟

祖母の口癖が今も耳の奥に残っている。

橋の下に失せた燕が再び上昇してきた。いつの間にか二羽になっている。

――何だいもう相手を見つけてるのね。手の早い燕だこと……。

そう思って橋の中央を舞う二羽を仰いでいると、欄干に手をかけてじっと川面を見つめている女の姿が目に止まった。サクラ色のコートの裾が背後からの川風に音を立てるように揺れて、長い髪が顔にまとわりついている。女はそんなことはかまわぬふうで、思いつめたようにじっと目を橋の下に落としていた。

まさか身を投げようというんじゃないでしょうね……。今どき橋の上から身を投げる者がいるはずはない。志万は自分に呆《あき》れ、首を一、二度横に振り、女の方にむかって歩き出した。大柄な女である。ちらりと女の顔を見た。綺麗な横顔をしていた。こんな器量よしが死のうなどと考えるはずがない……。女の背後を通り抜けようとした時、女の声が聞こえた気がした。何かを話しているというより歌を口ずさんでいるような声だった。風音が強かったのでそれが女の声なのかどうかもはっきりしなかった。振りむいてたしかめたい気もしたが、自分にむけて態《わざ》とそうしていたのなら妙な関りを持つのも嫌だったから、足早に橋を渡った。

雷門通りを右に折れ、観音通り、メトロ通りを先まで歩いて路地に入り、志万は一軒の店に寄って注文しておいた手拭いを貰い受けた。

手拭いをひろげてみると、藤、朝顔、鬼灯《ほおずき》、萩などが淡い色で染めてあった。客用の手拭きである。

今日は午後からずいぶんと風が強うございますね。雨なんぞ呼ばなきゃいいんですがね……。

主人は手拭いを包みながら言っている。志万は店先に飾ってあるハンカチーフを見ていた。

『こんなもんしか思い浮かばなかったんでな……』

五年半前に亡くなった留次から初めて贈られたのがハンカチーフだった。目をしばたたかせながら照れたように差し出したデパートの包みがまぶしかったのを今でもはっきりと覚えている。三枚一組のハンカチーフの一枚を留次との温泉旅行の折に使ったきりで、あとは箪笥の奥に仕舞ってある。

志万田《しまだ》さん、上がりましたよ。これ先日のお代金が多かったのでお釣りです。申し訳ありません、と差し出された手籠に領収書と釣銭が入っていた。


店の表に植木の鉢を出し、まわりに水を打つと、志万はすぐに裏に行き、朝方干しておいた柳鰈《やなぎがれい》を取り込み、灰汁《あく》抜きの蕨《わらび》を漬けておいた金ボウルを手に調理場に入った。冷蔵庫の中から朝のうちに開いておいたぐじを包んだ布をほどいた。ふたつの小鍋に火を入れ、がめ煮と、京菜と油揚げの炊き合わせの準備にかかった。氷水を金ボウルに入れ、そこに鰺をつけ、冷蔵庫の脇に置いた。ぐじを一人前ずつ切り分けバットに並べる。真空パックから白魚を出す。朝方磨《と》いでおいた米が入った炊飯器のスイッチを入れる。煮物を小鍋から移し、鍋を洗って天豆《そらまめ》を湯掻《ゆが》く。鰺を氷水から出し開く。蕨に味をつける……、またたく間に置き時計の針が四時半になろうとしている。

床を掃き、あらかたの準備が整うと、カウンターから出て椅子を並べ、小上がりの畳と小机を拭き、カウンターを丁寧に拭いていく。裏に行きバケツにさしておいた額紫陽花《がくあじさい》を取って座敷の柱の吊り籠とカウンターの花入れに活ける。表戸のそばに立って店の中の様子を眺める。大丈夫ね、と志万は自分に言い聞かせ、木戸の鍵を内から開け、暖簾《のれん》を手に表に出る。暖簾を上げると、もう一度、表に打ち水をして、最後に木戸の脇に盛り塩を立てる。店の表を見直す。五時を告げる浅草寺の鐘が鳴った。

あわてて洗面所に行き、化粧を直し、口紅を薄く引く。

鏡の中の顔を覗いた。

橋を渡る時、冷たい風に当たったせいか、それとも急いで準備したせいかファンデーションが浮いている気がした。

——いい人を待っているわけじゃないし、今日はこれでいいか。

そう思った途端、十日ばかり前に誘われた夜桜の宴席で甲子《きのえね》の言った言葉がよみがえった。

『秋の法要までには何とか考えてくれないだろうか』

秋の法要とは五年半前に亡くなった連れ合いの大江留次《とめじ》の七回忌のことである。

去年の法要のあと初めて甲子の口から一緒に暮らしてもらえないだろうかと言われた。

留次を兄のように慕っていた、西浅草で『甲子』という屋号の骨董商を営む甲子こと桜井文雄から真顔でそう言われた時、志万は正直、驚いた。自分に特別な感情を抱いているのはうすうす気付いていたが、まさか所帯を持ちたいと言い出すとは思わなかった。

男から好かれるのを嫌だとは思わない。相手が誰であろうと好いてもらえるのは嬉しいものだ。あんな男から好かれるくらいなら嫌われる方がいいと言う女がいるが、志万はそうは思わない。相手が自分に特別な気持ちを抱いてくれることが嬉しい。それに応えるかどうかは別のことだ。

そんなことを口にするのは傲慢だと思う。なんだか人を比べているようで卑しい。

木戸が開く音がして、志万は口紅をバッグに仕舞い、

「いらっしゃいまし」

と明るく言った。

春の終りの浅草〝志万田〟の開店である。


「そりゃ僕だって神輿《みこし》を一度は担ぎたいよ。これだけ浅草にいるんだからね……。毎年、毎年、今年こそ担ごうと思っているんだがな……」

花川戸にある生命保険会社に勤める石岡拓己がうらめしそうに言ってビールを飲み干した。

「そうやって見ている人がいるから三社の神輿はまぶしく見えるのよ。誰もが担いだんじゃ有難味ってもんがないでしょうが。今月から所長さんになったんだから女みたいにぐちぐち言ってちゃいけませんよ、所長さん」

同じ会社に勤める浅草育ちの近藤幸江が所長の肩を叩きながらビールを飲み干した。

二人は同じ会社の上司と部下の女子社員なのだが、店に来ると女性の方が主導権を取っている。力関係というより男が甘えているふうで、見ていて嬉しそうに映る。女が寛大なのか。いや、男の懐が深いのだろう。週に一、二度必ず顔を見せてくれる。

「幸江さん、白魚召し上がりますか」

「あるの？　だったら食べる、食べる」

「女将《おかみ》さん、どうして僕に聞いてくれないのかな」

石岡は頬をふくらませて志万を見た。

「すみません、所長さん、白魚……」

「所長はやめて下さいよ。照れるじゃないか」

「嬉しいくせに」

「おいおい、君までからかうか」

志万は笑顔で新しいビールを二人のグラスに注いだ。二人はまた一気にグラスを飲み干した。

「美味い。志万田のビールはなぜこう美味いんだ」

「まったくだ」

二人の隣りに座った靴工場の社長が笑った。

木戸が開いて老夫婦らしき二人連れが店の中を窺《うかが》うように入ってきた。

「あの……」

「宇都宮の親方、いいえ、角倉《すみくら》さんからご連絡の方ですか」

「は、はい」

主人らしき男がうしろの老婦人を振りむいて笑いながらうなずいた。

「カウンターになさいますか。そちらに小上がりもありますが」

男はまた連れを振り返った。老婦人がカウンターの方に目をやった。

カウンターで、と男は言いながらソフト帽子を取った。

一週間前に、名古屋で世話になっている人が墓参を兼ねて浅草見物に来るので〝志万田〟に寄らせてやって欲しいと連絡があった。志万や客たちが宇都宮の親方と呼んでいる角倉重雄は〝志万田〟が開店以来の客だった。鉄骨工事の親方で、去年から工事の受注の多い名古屋で仕事をしていた。

カウンターに座って志万を見つめた老婦人は品の良い女性だった。

「お飲みものはいかがしましょうか」

「日本酒を常温でお願いします。できればグラスで」

老婦人がよく通る声で言ったので客たちが一斉にそちらを見た。

「はい、常温ですね。旦那さんは」

「私も家内と同じものをお願いします」

志万は取っておいた吉乃川の吟醸を天豆と出した。

夫人はグラスの酒を両手で包むようにしてゆっくりと半分飲んだ。グラスをカウンターに置き、片手で胸元をおさえじっと目を閉じていた。

「大丈夫か」

主人が声をかけるとつぶらな目を開いて、

「ええ、とても美味しゅうございます」

と言って吐息を零《こぼ》した。

志万は刺身を、鰺は生姜《しようが》で、鯛は山葵《わさび》で出した。

「うん、この鰺は美味い」

主人が言うと夫人もうなずいた。

「名古屋から見えたのですか」

「はい、会社は名古屋にありますが住いは山の中です。木曽が裏山です」

「裏山ではなく私たちの住いが裏木曾なのです」

ハッハハと靴工場の社長が笑った。

カッチャンが連れと二人で入ってきた。

いつもの席に見知らぬ客がいたせいかカッチャンは、あれっという顔をして、手前の席に座った。

京菜を出した時には夫人は二杯目のグラスが空きそうだった。

「店はお一人でおやりなんですか」

「はい。素人なもんですからお客さんに迷惑ばかりおかけして……」

「これだけの味だ。素人ではありません。なあおまえ」

夫人は笑っていた。

「もう一度、浅草に来たかったのです」

夫人が志万に言った。

「以前もこの町にお見えになったのですか」

「はい、戦時中のことですが」

「この人の前の旦那さんが浅草の人だったんです。私と海軍で同期でして、私と違っていい男でした」

「いいえ、あなたの方が男前です」

「それはどうも……」

ハッハハとまた社長が笑った。

「戦争前の最後の三社祭を見ました」

「そうなんですか」

「男の人の潔い汗を見ました。それは惚惚《ほれぼれ》するものでした」

「今でもそうですよ、三社祭は」

幸江が言った。

御飯を出す加減になった時、夫人が、味醂《みりん》乾《ぼ》しはありますか、と訊《き》いた。宇都宮の親方が教えたのだろう。

茶を出し、会計を済ませると、夫人は深々と志万と客たちに頭を下げた。

「美味しゅうございました。突然、お邪魔して済みませんでした。これで私、思い残すことはございません」

夫人は立ち上がろうとして、一瞬足元がよろけた。主人が素早く腕を取った。大丈夫です、と言って夫人は歩き出した。

二人が出て行くと、靴工場の社長が言った。

「戦争前の最後の三社祭か。どんなだったんだろうな」

「三社祭はいつだって同じよ。町中が熱くなって、男も女も、大人も子供もみぃんな、どこもかしこもふくらむのよ」

幸江が笑みを浮かべて言った。

「そうね、三社祭は特別だものね……」

志万は留次が、桜が咲く前から背中に肩に、気負いのようなものをあふれさせるのを毎年見ていた。子供だった志津子までが熱を出す時があった。血はつながってはいないのに、浅草で生まれ育ったというだけで三社祭が親子の目の色をかえさせた。

「こっちも酒をつけてもらおうかな。あっ、こいつにも」

カッチャンが言った。

燗の銚子をカッチャンの連れに差し出し盃に注いだ。

「前にご一緒されましたよね」

「ああ、こいつ二年前まで同じ会社の研究室にいたんだ」

「ご無沙汰しています」

「少し恰幅が良くなられたのかしら……」

「女将さん、はっきり太ったって言ってもかまわないんだよ。俺の倍も高給取りだから。こいつ俺を勧誘に来たんだよ。ミドルハンティング」

「そうなんです」

連れはその時だけ真顔ではっきりと答えた。

その表情を見てカッチャンはニヤニヤと笑っている。

靴工場の社長が引き揚げた。花川戸の二人もそろそろ引き揚げそうだ。

しばらく料理を出す手を止めることができた。時計を見ると九時になろうとしていた。与四屋の三代目が今夜に限って遅かった。

二日前の夜、三代目から電話が入った。

『八時に二人、頼みます。客を連れて行くんだ』

「あらお客さんとご一緒なんて珍しいですね」

『それが〝志万田〟が相手の指名だ』

「そうなんですか」

宇都宮の親方の方も二人と言っていたから、七時と八時に覗いた客を断っていた。三代目が約束の時間に遅れることはめったにない。桜も散ったから屋形船の忙しさもいっときよりはおさまったはずだ。

木戸が開いた。

靴工場の職人たちだった。社長が引き揚げたのを見ていたように入ってくる。

「やまないね、この雨は……」

「ずっと降ってるんですか」

「ああ何だか陰気な雨だよ。三本つけて」

志万が小上がりを手でさしたので三人は座敷に上がった。

「冷えてきやがったな。これで徹夜させられちゃかなわねえな」

「夕刻、川に身を投げた奴がいたらしいぜ」

志万はその会話を聞いて銚子を床に落とした。す、すみません、と言いながら座敷の話を聞いていた。

「本当かよ」

「ああ、橋の上から飛び込んだってよ」

「どこの橋だい。このあたりか？」

「そりゃ知らねぇが、丁度、下を通っていた屋形船の船頭が目撃していてすぐに助け出したらしい」

「でなきゃ、この寒さだ。仏になっていたろうよ」

あの女の姿が浮かんだ。

「ええ、マジで？」

カッチャンが職人たちに訊いた。

「ああ、さっき消防団のあんちゃんから聞いた」

「死んだの？」

「いや病院に運ばれて命は大丈夫らしい」

「男？　女？」

「たしか若い男って言ってたな」

志万は胸を撫でおろした。

「若い男か……多いよな。何歳くらいだろう。一日百人近い奴がこの国じゃ自殺してるんだもんな」

小上がりに酒と肴を運んで行って、志万は職人たちに訊いた。

「どこの屋形船の船頭さんなんでしょうね」

「そこまでは知らないが、たいしたもんだよね、船頭ってのは。あれでエンジンの音やら船でカラオケなんかやってたら人が一人落ちてきた水の音なんか気付かないものな」

「プロなんだよ。職人なんだな」

「同じ職人でも俺たちとずいぶん違うな」

「俺たちって職人なのか」

「社長はいつも言ってるぜ。俺たち職人の力と技があればこそ、この工場は成り立っているってな」

「なら少しは扱いを良くしてくれって」

「扱われ方より、これだよ」

職人の一人がひとさし指と親指で銭のかたちをこしらえた。

「まったくだ。ともかく職人さんに乾杯だ」

もしかしてその人を助け揚げたのは三代目の会社の船かもしれないと、志万は思った。


十時を少し回ったところで店の電話が鳴った。

受けると、三代目である。

「今夜は済まなかった。ちょっと事情があって連絡を入れられなかった。これからそっちに行きます。一人になってしまったが……」

「かまいません。お待ちしています」

「客はいるの」

「ええ、一組……。あとで甲子さんが見えるかもしれないけど」

「来てくれなきゃいいが」

「そんな」

電話を切ると、カッチャンが冷や酒に替わったグラスを握って、もう一杯、と言った。

「だから一緒に働きましょうよ」

カッチャンの連れは、先刻から同じことを言い続けている。

カッチャンこと片岡浩也は大学院生の時代からの店の馴染み客である。卒業後、製薬会社に勤め、そこの研究室に所属している。店は元々落着いた客がほとんどで学生が入ってこられる雰囲気ではなかったが、カッチャンの素直で人なつっこい性格のせいか客たちもすんなり彼を迎え入れ、いつのまにか常連になっていた。一度、上司を連れてきたが、カッチャンは店での陽気な若者の印象と違って、会社では優秀な社員のようだった。それを言うとカッチャンは否定するのだが、志万にはカッチャンの責任感の強さがよくわかる。どんなに酔っていても不埒なことは口にしないし、酒の飲み方も綺麗だ。

「だからさ、理由なんかないんだよ。君はさ、新しい職場にかわって、そこで自分がやりたいと思っていた仕事ができているんだからそれでいいじゃないか」

かつて同じ会社の同僚だった連れは、自分が移った会社にカッチャンを誘っていた。淋しいのかもしれない。

「やりたいことは同じでしょう」

「同じところもあるし、同じじゃないところもあるさ」

「同じでしょう。いい薬を、画期的な新薬を開発して会社を儲けさせれば、給料も上がる。そうでしょうが」

「少し違うな。たしかにいい新薬を開発したいけど、それが利益につながることが最優先されると、ボクの仕事は上手く行かないと思うんだよ。そりゃ会社だから儲けることは大事だし、ボクだって今よりたくさん給料を貰って楽になりたいさ。でも仕事ってのは目の前の利益を追求し過ぎるといけないように思うんだ。それに……」

「それに何ですか」

「ボクは今の会社が好きなんだ。そりゃいろいろ問題はあるよ。けどそれは人と同じでさ、会社にも欠点があるんだよ。でもその欠点を補うだけの何かがあるんだ、あの会社には」

「何かって何ですか」

「うーん、何だろうね……、敢えて言うなら情ってやつかな」

「情？　人情ってことですか」

「そうそう」

「古いな、その考え」

「ハッハハ、古いか。いいんだよ。情は古いんじゃなくて、ずっと人が守ってきたもんなんだよ。上手く説明できないけど、結構大事なもんなんだよ」

「わかんねぇな」

志万はカッチャンの顔を見た。

隣りで首を横に振っている友人を笑って見ながらグラスの酒を飲んでいた。

――この人はどんどん大人の男になっていってる。いや、そうじゃなくて、男って大人になれば自然とちゃんとした人になるんだ……。

志万はカッチャンがこの店に長く通ってくれていることが嬉しくなった。

「さあ行こうぜ。外資系企業は時間にうるさいんだろう。明日、遅刻するぞ。女将さん、お会計」

「こっちが払います」

「いいの。ここは割カンなの」

二人が立ち上がった時、木戸が開いた。

三代目が大きな目をギョロリと動かして中を覗いた。

「今晩は、三代目」

カッチャンの言葉に、連れが一瞬たじろいだ。

ちょうど良かった。行くよ、外資系。そう言ってカッチャンは外に出ようとして振りむいた。

「三代目、身投げした人、助かりました?」

「ああ、大丈夫だ」

三代目の返答を聞いて、やっぱりこの人の会社の船だったんだと志万は思った。

「若い男の人なんですってね。何歳くらいなんですか」

「歳はわからねえ。男じゃなくて、女だ」

「あっそうなんですか。もったいない」

志万はそれを聞いて肴の小皿を落としそうになった。

カッチャンが出て行き、三代目は洗面所に行った。

——まさか、あの女の人じゃなかったんだろうか……。

そうだとしたら、やはりあの時、声をかけてあげるべきだった。妙な声を耳にしただけで関りたくないと思った自分の気持ちが情なく思えた。

戻ってきた三代目に手拭いを出しながら志万は小声で訊いた。

「身投げがあったんですってね」

「ああ珍しいことだ」

「それで助かったんですか」

「今、××病院にいる。大丈夫だ。飛び込んだ後、水に沈んでからは気を失っていたんだろう。たいして水を飲んでいなかった」

「えっ、じゃあ三代目が助けたんですか」

「うん。運がいいんだか、悪いんだか。こんな寒い日に限って、俺が乗ってた船のそばに落ちてきやがった」

「それはいいことをなさったわ。その人も命拾いをして良かった……」

「ありゃ何の加減だろうな。白鬚《しらひげ》橋を船が潜り抜けた直後に、俺も船頭も光が上がったんで向島の方を見ていたんだ。そこにドボンだ。俺は屋形から飛び出して船頭にすぐに訊いたんだ。今のは人じゃないかって。船頭も年季が入ってる男だったから、すぐに船を回したのさ。灯りを点けて水面を見たんだ。そうしたら尻から浮いてきやがった。船頭はもう爺さんだったから、俺が飛び込んだ」

「三代目が川に？」

「当り前だ。船会社の社長だぜ」

「偉いわ。人助けを、それも命を助けてあげるなんて」

「チェッ、誉めるんじゃねぇよ。ビールをくれよ。まだ口の中が泥臭え。隅田の水はあんなにまずかったのかと思い知らされたよ」

「はい、どうぞ。今夜はご馳走しますよ」

「何を言ってるんだ。毎晩、川に飛び込めってか」

その言葉に志万は笑い出し、釣られて三代目も笑った。

「若い女の人だったんですか」

「ああ、結構、大柄な女だったな。水から仏を揚げる時は石のようだとオヤジが言っていたが、本当だな」

「生きてらしたんですから仏じゃないでしょう。それでその人、もしかして……」

志万が言葉を止めると三代目が志万の顔を見た。

「もしかして何だよ」

「派手なサクラ色のコートを着てませんでしたか。髪が長くて……」

「……」

三代目がグラスを持ったまま志万を見ていた。

「どうして女将さんがそれを知ってるんだ？」

そこまでする必要があったのかなかったのか、志万にはわからなかったが、店を閉めた後、三代目と一緒に女のいる病院に行った。

院長も婦長も留次が生きている時に顔を見知っていたので、事情を話して病室に入れて貰った。

女はベッドの中で眠っていた。

横顔の感じといい、長い髪からして吾妻橋に立っていた女に間違いなかった。

点滴の中に安定剤が入っているので眠り込んでいるらしい。担当医の話では女はもう何日も眠っていないようだった。それに栄養失調の症状が出ていた。

搬送された時は気を失っており、呼びかけに時折、反応するだけだった。衣服の中に何も入っておらず、警察が女が身を投げた白鬚橋の上を見て回ったがハンドバッグも何もなかったから、女の名前もわからないままだった。

薄暗い部屋に女の寝息だけが聞こえた。

「綺麗な顔をしているのにな……」

背後で三代目が言った。

志万はその言葉にうなずきながら、あの時、声をかけるべきだったと思った。

「でも助かって良かったわ」

「本当だな。けど飛び込んだのはあんたのせいとは違うよ」

「……」

志万は何も答えなかった。

二人は病室を出た。家まで送って行こう、と言う三代目に志万は、もうしばらくここにいる、と言った。

「俺たちはあの女に何もできゃしないぜ」

「うん、わかってるの。けど目を覚ました時、一人じゃ可哀相だし」

「まったくお人好しだな。じゃ好きにしろ」

三代目を見送って、志万は病室の前の廊下にある長椅子に腰を下ろした。

『俺たちはあの女に何もできゃしないぜ』

三代目の言うとおりだと思う。でも何かをしてやりたい。三代目に話すことはできなかったが、志万も、この女と同じように死のうと思って浅草の街をさまよったことがあった。彼女と同じように隅田川に身を投げようと思っていた。身を投げる前に、最後にもう一度、浅草寺で観音さまの顔を見てから死のうと思った。そこで留次に逢い、命を助けられた。志万と留次、二人だけの秘密である。いや、留次はその時、志万が死のうとしていたことさえ知らなかったかもわからない。身の上も何も知らない志万を六区の裏手の待合いに運んでくれて黙って付き添ってくれた。今考えても、そんなことをできる男などそうそういるものではない。

それだけではない。家庭のあった留次が、志万のお腹にいた子供を何も言わずに自分の子として認知してくれて、母と子の面倒をみてくれた。

男と女の関係になってからも、志万を家族以上に大切にしてくれた。今、自分と娘の志津子が笑って暮らせているのは一から十まですべて留次のお蔭である……。

靴音がして、志万は音のする方を見た。

三代目だった。手にビニール袋を持っていた。

「何も食べちゃいないんだろう。ほれ」

差し出された袋を志万は受け取った。

手にすると、涙がひとすじ零れた。

どうして泣いたのかはわからなかった。

「じゃあな」

引き揚げる三代目に志万は声をかけた。

「三代目」

三代目は立ち止まって志万を振り返った。

「今夜の三代目は浅草一いい男ですよ」

チェッ、と三代目が舌打ちした。そうして踵《きびす》を返して捨て科白《ぜりふ》のように言った。

「なら俺のかみさんになれよ」

歩き出した背中が歪んで揺れた。


五月に入ると浅草の町はあきらかに様変わりする。

家々の軒下に並べられた植木鉢の葉色があざやかになり、縁台が前に出され、気の早い主は窓辺のガラス鉢の中に金魚を泳がせていたりする。

もんじゃの店先の暖簾がカラフルなガラス玉の繋ぎものになったり、寿司屋の暖簾が麻にかわって薫風《くんぷう》に揺れる。

それらは夏のはじまりを告げるものであり、三社祭の前ぶれでもある。

祭礼が近づくと家々に注連縄《しめなわ》が張られ、提灯がぶらさがる。

人々の肌には血色がみなぎり、男も女も身体の内にたぎるものを抑えている気色がありありとわかる。

各町内の祭りの役員が、昼となく夕となく集まっては散って行く。人の放つ熱のようなものが浅草の町全体をふくらませる。

三社祭の間は、決まり事のように一日は雨が降る。

今年も初日の夜明け方から小雨がぱらつきはじめた。そして今朝、〝宮出し〟の最終日も雨であった。

志万は見物客の頭越しに通りを見ている。

太鼓の音が聞こえてきた。見物人がざわめき出す。

通りの角から神輿のてっぺんで揺れる鳳凰飾りの黄金色が見えた。子供神輿でもたいしたこしらえである。

太鼓の音に続いて、黄色い掛け声が聞こえ、神輿が熱気とともに近づいてくる。顔を見知っている子供もいる。普段のあどけなさはどこかへ消えて凜凜《りり》しくさえ映る。こんな小雨の早朝なのに子供たちは活き活きとしている。

担ぎ手の子の頰、額が濡れている。他の町の母親なら、風邪を引きゃしないかと心配するだろうに、親も当人もそんなことは微塵もかまっちゃいない。こんな小雨だもの、三社に雨はつきものだ、と言いたげである。

「いいもんですね……」

志万はぽつりと言った。

「……」

かたわらの美智江は黙って神輿を見つめている。

返答はないが美智江は自分の話を聞いている。相槌のひとつでも打てれば話もし易いのだろうが、それさえできない不器用な娘なのだ。それが生まれついてのものなのか志万にはわからない。美智江がどんな土地で生まれ、どんな生き方をしてきたのか知らない。たぶん訊いても話さないだろう。

かたくなに口を閉ざして自分からは何も話そうとしない。ちいさな物音にさえおびえてしまう。

――何から何まであの時の私とそっくりだ。

四十二年前、留次の前で志万はこんなふうだったのだろう。

「いいもんですね。あんな子供が命懸けみたいな顔をして神輿を担いでるなんて……。この町だけだものね。私も男だったらきっと神輿を担いだでしょう」

志万が笑うと美智江の口元にかすかに笑みが浮かんだ。

見物客が歓声を上げた。

地響きのような掛け声が熱気と一緒に迫ってくる。一之宮の神輿の登場だ。

雨をはね返し、担ぎ手たちの身体からは湯気が立っている。一之宮の神輿一基に二百人近くの男衆がしがみついている。雨に濡れた柿色の半纏《はんてん》に囲まれて男たちが揺れる山のようだ。いつ見ても美しい神輿だ。

野太い掛け声の底に懐かしい声が聞こえてきた。

留次の声だった。

『いいか。どんなことがあっても三社さまの社祭りにはこの町にいるんだぞ。神輿にきちんと手を合わせるんだ。おまえはこの町で生まれかわったんだ。だから立派な三社さまの氏子だ。祭りをちゃんと見守れば、おまえの一年を三社さまは守ってくださる』

留次にとって三社祭はただの祭りではなかった。元々信心深い人だったが、三社祭に全身全霊を捧げているように思えた。祭りが近づくと、正直、近寄るのが怖かった。祭りが穢《けが》れるのをひどく嫌った。浅草神社を敬い、氏子であることを誇りにし、神輿を見守り続けた。

神輿の出入りを見つめる真剣な留次の横顔が浮かんだ。口を真一文字に結んで目を光らせている顔……。女なら誰でも一目惚れするような男振りだった。

留次の筋肉質の肩の感触がよみがえり、志万は身体が熱くなった。ちいさく吐息を零した。身体のどこかに潜んでいた女が顔を覗かせた気がした。

志万はそれを美智江にさとられないように顔をそむけた。

二之宮の神輿は遅れていた。

二之宮は何をやってるんだ。どこぞで揉め合ってるのか。朝から遅れちゃしょうがねぇやな。見物人から声が上がった。

「大丈夫？」

志万は美智江に声をかけた。

美智江はこくりとうなずいた。口元から白い歯が覗いた。初めて見る笑顔だ。二十七歳相応の笑顔だった。

「お腹は空かない？　空いていてもあと少し我慢をしてね。三之宮まで見守ってから朝食にしましょう」

「はい」

はっきりと聞こえた返答に志万は笑い返した。

それでいいの。そうやって少しずつかたくなになっているものを融《と》いていけばいいのだから……。

志万は二之宮の神輿が近づいてくる気配を感じながら呟いた。


翌朝、二人は〝志万田〟にむかう前に浅間神社にお参りに行った。

仲見世にむかって歩くと〝宮出し〟の雨の名残りで石畳がまだ濡れていた。道端に、鉢巻に使ったのか汚れた手拭いが落ちていた。志万がそれを拾おうとすると、美智江が素早く近づいて拾ってくれた。あの護美寄せに放ればいいわ。汚れた手拭いを護美寄せに仕舞う大柄な女のうしろ姿を志万は見つめていた。

観音さまにもお参りを済ませて二人はシャッターを開けたばかりの洋品店に入った。退院前、取り敢えずに志万が買ったものだけでは、今夜から店の手伝いに入ってもらうのに着る衣服が間に合わなくなる。

二十七歳の女である。好みもあるだろうし、これからの人生なのだから彼女の人柄、魅力を活かして欲しい。店には流行の先端の衣服はないが、浅草で着るものは浅草で揃えるのが一番いい。案の定、迷っている美智江に志万は水色のワンピースをすすめた。

住いは娘の志津子が以前暮らしていたマンションの部屋が空いているので貸してやることにした。

午後はいつもより早く店に出て準備をはじめた。

「美智江さん、その金ボウルの水を流してしまって」

人が一人入っただけで準備の段取りがずいぶんとかわる。長年そうしてきたので一人の方が何かと動き易いが、二人の方が空気に張りがある気がする。仕事の手順がわからないから美智江も戸惑っている。それでもかまわない。自分がそうしようと決めたのだからやれるところまでやってみよう。

小上がりの花籠を夏の蟬籠にかえた。新聞紙で包んだ蟬籠を出してやり、裏で洗うように言った。美智江が裏に消えた後、小上がりにきちんと畳んだ古新聞紙が置いてあった。

――丁寧な娘なのだ……。

実の娘の志津子は、それを何度言ってもできない。美智江の母親か、祖母がするのを見ていたのだろうが、躾《しつけ》は身体で覚えなければ身につかない。

いつもより時間が早く過ぎて行く。志万は急いで酒肴のこしらえを片付けていった。

五時の鐘の音が届いて、どうにか段取りが終り、志万は小上がりに腰を下ろした。

「ねぇ、美智江さん。ここに掛けなさい」

「大丈夫です。表にもう一度水を打ちましょうか」

美智江の言葉に志万はガラス越しに映る外を見た。〝宮出し〟の雨が嘘のように外は夏の暑さである。蒸し暑くさえある。

「そうしてくれる」

水を打つ美智江の姿がガラス越しに見える。客は美智江を見て驚くだろう。

――ともかくやってみよう。

志万は自分に言い聞かせるように言って帯をぽんと叩いて立ち上がった。

「それで故郷《くに》はどこなの？」

カッチャンが訊いた。

志万は小皿に天豆をよそいながら言った。

「カッチャン、美智江ちゃんは転校生じゃないんだから、そういろいろ訊かないで。私が大切に預かっている娘さんですから、ねぇ」

美智江を見ると戸惑ったような顔をしている。

「そうか大事な預かりもんか。ボクも誰かに預かって欲しいね」

客の一人が言った。

「あんたは奥さんの預かりなんだろう。それとももう手放されたのかい」

客の美智江に対する反応はいろいろだった。常連客の思わぬ反応を目にした。やはり若い女に男の気持ちは動くのだ。

木戸が開いて、三代目が甲子と入ってきた。

「おや、珍しいですね。お二人が一緒に見えるなんて」

カッチャンが二人を見て言った。

いらっしゃいまし、志万は三代目の顔をじっと見た。昨日の夜、三代目には電話で美智江を店で働かせる話をしておいた。

『……そうか、厄介もかかえ込むのはわかってるんだよな』

『ええ、承知です』

志万はきっぱりと言った。

甲子に美智江のことを打ち明けていなかったのが気がかりだったが、三代目はちゃんとわかっていて連れ立って来てくれたのだろう。

三代目も甲子も、美智江を一瞥だけして席に座った。

美智江が危なっかしい手つきでビールを二人に運んだ。

ありがとうよ、そう言ったきりで二人は当り前のような顔をして飲みはじめた。

美智江は三代目が彼女を助けてくれたことは知らない。いずれわかるだろうが、それはその時に美智江が礼を言えばいい。

「雨にやられた三社さまだったな」

甲子が言った。

「まったくだな、でもあれが三社祭だろう」

「初日の件は片付いたのか」

「奉賀会と青年部で話はついたらしい。なあに若い連中も年寄りの言うことはわかってるさ。あとはさっぱりしたようだ」

三代目と甲子が話している。

「うん、新牛蒡《しんごぼう》だな。こりゃ美味いや」

甲子が牛蒡を噛みながら頷き、美智江を見て言った。

「店に人が入るのはひさしぶりだな」

「はい。私の知り合いの娘さんで美智江ちゃんと言います。美智江ちゃん、甲子さん、じゃなくて桜井さん、こちらが与四屋さんの白浜さん」

「よろしくな」

二人が言って、美智江が、初めまして、よろしくお願いします、と頭を下げた。

志万はちらりと美智江を見た。水色のワンピースがよく似合う。美智江は中暖簾の脇に立っているのだが、祭りの前まではそこにいなかった存在だけになおさら、身体が大きく感じられた。

「美智江ちゃん、甲子さんと三代目でいいんだよ」

カッチャンが言った。

「おいおい。甲子にさんがついて、どうして俺がただの三代目になるんだよ」

「三代目さんじゃ間が悪いでしょう。歌舞伎だって五代目さんとは言わないもの」

「なるほど。おまえさんの言うとおりだ」

それで皆が笑い出した。

美智江を見ると顔を歪めているだけで戸惑いがまだ抜けない。

三日目の夜、靴工場の社長が旅行から戻って顔を出した。

少し気にはなっていたが、やはり話が出た。酒の入り方がいつもより早く量が多かったせいもあるが……。

「そう言えば、白鬚橋から身を投げたのは女だったらしいじゃないか。それも若い女だってね」

志万は銚子徳利を拭いていた手を止めた。

「その女、助かったらしいね」

「そうですってね。良かったわ」

「死のうって思うぐらいだから、理由はやはり男関係だろうな。若い女がそこまでしたんだから男だよね。そう思うだろう？　女将さん」

「人が死のうとするのに理由なんかないんじゃないでしょうか」

「理由がない？　変なことを言うね」

「変じゃありません。死ぬしかないと思ったら女はそのことしか考えないもんですよ。理由なんてものはもうどこかに行ってしまってるんです」

「おいおい、その口振りじゃ、女将もそうしようとしたことがあるみたいじゃないか」

「そりゃ生きていれば死のうなんて思うことは一度や二度はありますでしょう」

「へぇー、そうなの。これは驚いた。ねぇ、あんた今の話を聞いた?」

社長は美智江に言った。

美智江は蒼い顔をして目をしばたたかせている。

木戸が開いて三代目が入ってきた。このところ毎晩、顔を見せる。

「よう三代目、女将の話を聞きましたか。今ね……」

社長が今しがたの話を三代目に聞かせた。

「俺にはわからねぇよ。ましてや若い女のことは皆目だ」

社長はそれでも執拗にその話題を蒸し返した。酔っている。

「社長、いい加減にしないか。生きてる人間が死ぬ話をしてどうしようってんだ。俺は骨を休めに飲みに来てんだ。陰気な話をするために来てるんじゃねぇ。生きてりゃそれでもういいじゃねぇか」

チェッ、と社長が舌打ちして、恰好をつけやがって、と小声で言った。

三代目は聞き逃さなかった。

「何だと、もういっぺん言ってみろ」

「ああ言ってやるよ。骨休めだと、おまえは女将さんを落としに来てるんだろう」

三代目の顔色がかわった。

「野郎、表に出るか」

「おう上等だ」

「二人ともやめて下さい」

志万が二人をなだめた。両手を合わせて二人に頭を下げた。

「チェッ、俺は引き揚げる。言っとくが死のうとしたことがあるって話し出したのは女将さんだぜ。それをなんで俺に喰ってかかりやがる」

「ですから社長、すみませんでした」

「まったく。気分が悪いぜ。釣りはいらねぇよ。とっとけ」

社長が五千円札をカウンターに投げた。

志万はそれを見て逆上した。

「社長、とっとけって言い方はないんじゃないですか。うちは物乞いをやってるんじゃありません。美智江ちゃん、釣りを差し上げて」

「おう、それなら貰ってやろう。この店はここらじゃ割高だからな」

志万は金をそのまま返してやろうかと思ったが唇を嚙んで堪《こら》えた。木戸が乱暴に閉まる音がした。沈黙が続いた。

「悪かったな。ついカッとしちまった」

三代目の言葉でスーッと涙が零れ落ちた。

志万は美智江の身体を押しのけるようにしてトイレに走った。

居間の卓袱台《ちゃぶだい》の前に一人座って志万はお茶を入れた。

今しがた別れた美智江の姿が浮かんだ。

美智江は顔をうなだれたままマンションの階段を上って行った。昨晩までなら志万が先に降りたタクシーの後部座席から自分をじっと見ていた美智江が、志万の方を見ようともしなかった。美智江が高い場所にいるだけで志万は心配になった。

二時間前、〝志万田〟の暖簾を下ろした後、美智江は、これ以上迷惑はかけられないので、自分は出て行く、と言い出した。志万は美智江がそうしたいのならしかたがない、と答えてから、あんなことでへこたれていてはあなたは立ち直れないし、辛くてもしばらくここにいて欲しい、と言った。

「どうして私にそんなにして下さるんですか」

美智江は泣きながら訊いた。

「どうしてって……理由なんかないわ。たぶん、たぶん……」

そう言って志万は言葉を止めて、

「……たぶん、私が淋しいからかもしれない」

とぽつりと言った。

それっきり二人は話をしなかった。

ただ明日は土曜日で、もう一日店に来てくれれば休日になるのでそうして欲しいと告げて別れた。

お茶をひと口飲むと苦味が口にひろがった。

『厄介もかかえ込むのはわかってるんだよな』

三代目の声が耳の底に響いた。

――たしかにそうだったのかもしれない。

志万は小簞笥の上にある写真立ての中の留次の顔を見た。志万が好きだった留次が少年のように笑っている写真だった。

「私には無理だったのかしら……」

志万は写真の中の留次に声をかけた。

四十二年前、死のうとしていた自分に弁天堂の脇で声をかけてくれて、黙って立ち直るのを待ってくれた留次のことが思い出された。

――大人の男だから、いやあの人だったからそれができたのかもしれない……。

『手前《てめえ》の手に届かないものにゃ触れようとしない方がいいんだがな』

志万が〝志万田〟をやろうと言い出した時に留次がぽつりと洩らした言葉がよみがえった。留次から貰う手当だけで母と娘は充分に生きていけた。それでも最後には承知してくれたのは、留次が志万ならその店がやっていけるかもしれないと読んでのことだった気がする。

留次の写真立ての隣りを見た。志津子も入った志万との三人の写真だ。

――私の手が届くだけの世界で生きていくのが本当なのかしら……。

志万は帯も解かずに、この先どうしたものかと思い続けていた。

少し強くなった雨垂れの音が窓の外から聞こえていた。

日曜日の午後、志万は美智江と観音さまで待ち合わせて、食事に出かけた。

土曜日の朝、美智江の方から志万のマンションを訪ねてきてくれた。二人は何事もなかったように〝志万田〟を閉店まで無事に終えた。

この日曜日は最初から美智江を連れ出すつもりで週初めに店の予約もしておいた。Tデパートにも電話を入れて、美智江の着物を見に行こうと思っていた。

傘をふたつ並べて浅草の町を歩いた。

食堂街に入り、予約しておいた鍋屋の木戸を開けた。上がり座敷はもう客で一杯だった。座敷に浴衣姿の大きな背中がふたつ見えた。相撲取りだとわかった。若い力士の前に恰幅のいい女が座っていた。見覚えのある顔だった。

「ここの鮟鱇《あんこう》鍋はとっても美味しいのよ」

志万は小声で美智江にささやいた。美智江は少女のように瞳を動かした。

ビールを注文し、二人で乾杯した。鮟鱇の刺身に肝をまぶして食べた。美味しかった。ビールをもう一本頼んだ。美智江も飲める口のようだが、頬が赤くなっていた。それが可愛かった。

「そんで親方の具合いはどうなんすか、女将さん。退院はいつなんすか」

背後の座敷の声が聞こえた。

店の主人が、××の女将さん、あとはおじやでよろしいですか、と背後の女の名前を呼んだ。

志万は思わず箸を落とした。見覚えがあると思ったのは、女が和田雅美の女房だったからである。雅美は志万が天草から家出し、いっとき交際していた、琴□□という四股名《しこな》で横綱まで昇りつめた力士だった。××とは雅美が跡を継いだ部屋の名前だった。

身体が凍り付いた。すっかり忘れ去っていた遠い記憶がよみがえった。

「どうかしましたか?」

じっとしている志万に美智江が訊いた。

「何でもないわ」

志万は震え出しそうな手でグラスを摑み、ビールを一気に飲み干した。美智江が心配そうに自分を見ているのがわかった。

背後の女の声がした。

「あの人はもうだめなのよ。あれだけ私が飲むのをやめなさいって言ったのにきかないからよ」

「だめってどういうことっすか」

「だからもうどうにもならないのよ。自業自得よ。地方でキャバクラやソープで遊んでばっかりいるからよ」

「親方はそんなことしないっすよ」

「あんたたちはあの人のことを知らないのよ。親方のことはいいから食べなさい。ここの鍋は結構高いのよ」

「女将さん、親方を見舞いに行っていいっすか」

「そんなこと必要ないの。部屋のことは私が考えてるから。あんたたちは稽古してればいいの。早く出世しなさいよ」

――雅美が入院しているのだ……。

志万は思わぬ遭遇に驚いていた。

女将と力士たちが引き揚げた。

味噌仕立ての鮟鱇鍋は絶品だった。

「こんなの初めてです。美味しいですね」

「そうでしょう。浅草にはこんなふうに美味しい店がたくさんあるのよ」

志万はそう言いながらまだどこかで美智江をこの町に留めておきたいと思う自分の気持ちに気

付いた。

店を出て二人は雷門通りから吾妻橋にむかった。

橋の袂まで来ると、隅田川が雨に煙っていた。志万は立ち止まって岸辺を見た。向島の堤に並ぶ木々と家の甍《いらか》が水墨画のように淡く浮かんでいた。

「綺麗ね。私、雨の隅田川が好きなの……」

美智江もじっと川を見ていた。

「雨の中には神さまがいるんですって。昔、いい人から聞いたの。雨粒のひとつひとつの中にちいさな神さまがいて、雨に打たれて寒かったり淋しくなったりしてる人にささやくんですって。大丈夫ですよって。それが私のいい人の口癖だったの」

「じゃその人が女将さんの神さまだったんですね」

「えっ?」

志万は美智江の顔を見た。

美智江はじっと隅田川を見ていた。

「私の相手は神さまなんかじゃなかったし、つまらない男だったんです。その男を信じた私が馬鹿だったんです」

美智江は眉根に皺《しわ》を寄せた。

「でももうあなたはちゃんと生きていけるわよ」

「そうでしょうか」

「ええ、私にはわかるわ。あなた、一昨日《おととい》の夜、どうして自分にこんなにしてくれるのかって訊いたわよね。それはね、苦しそうにしている人に手を差し出すのが当り前のことだからよ。あなたと私の立場が逆だったとしたら、運良く助かった私にあなたは同じことをしてると思うの。他人事だと言って見捨てたりなんかしないでしょう。浅草って町はそういう人が暮らしてる町なのよ。私はその人にたくさん手を差しのべてもらったの。だからその人に恩返しをしたかったけど百分の一もできなかった。一昨日の夜、思い出したの。その人の言葉を……」

「何ておっしゃったんですか」

「恩返しは恩を受けた人に返せないんだ。受けたものを違う人に返すんだって」

「違う人に？」

美智江が訝《いぶか》しそうな顔で志万を見た。

「そう、違う人に。だから浅草には人の情が、人情が残っているのよ。この間、あなたは三社さまの神輿に手を合わせたでしょう。あれでもうあなたは三社さまの氏子になったのよ。この町に住んでいればもうふしあわせになんか絶対にならないわよ」

「私が、氏子ですか……」

「そう、皆守ってもらってるのよ。あなたさえかまわなければ、私の話が本当かどうかもう少しここにいてみたらいいと思うわ」

「……」

美智江は黙って雨に煙る川面を見ていた。

ぽつぽつと家灯りが点って水墨画に彩色がなされた。五月の雨の川辺はため息が零れるほど美しかった。吾妻橋の袂にふたつの傘が寄り添うように並んでいた。

ややあって、着物姿の女の口から白い歯が零れた。二人は踵を返してTデパートのある江戸通りにむかって歩き出した。

花火のあとで

表通りを往来する車のエンジン音やクラクションの鳴り響く音がいっとき止むと、カーンと乾いた金属音が届いてくる。

鳶《とび》の職人たちが吾妻《あづま》橋の欄干に鉄柵《てつさく》を備え付ける作業をしている音だ。ひと昔前なら〝両国の川開き〟、今は隅田川の納涼花火大会の準備である。

この音を聞くと、志万《しま》のこころには夜空にきらめく大輪の花火が浮かんでくる。

志万は下ごしらえの木の芽を刻みながら胸の奥でつぶやいた。

——今年も花火がやってくる……。

裏木戸が音を立て、金ボウルを手にした美智江が入ってきた。

「女将《おかみ》さん、これでいいでしょうか」

志万は差し出された金ボウルの中に並んだ八幡巻を覗き込み、中のひとつをつまみあげた。

煮牛蒡《にごぼう》の柵切りに鰻《うなぎ》を巻きつけ串に刺してある。お通しだから皆小振りである。串をひねって、こしらえの具合いを見た。しっかりしている。

——上手いもんだ……。

大柄な女の美智江が細かい仕事を実に上手にやってのける。早いし丁寧である。

最初、志万は美智江には外場をさせるのがいいだろうと考えていた。調理場の細かい仕事は無理だろう。

「女将さん、何でも言いつけて下さい。一生懸命やりますから」

そうは言っても……。一度、蕗《ふき》を洗ってスジを剝かせてみた。意外だった。思っていたよりずいぶん早く剝き終えて、どれもきちんとできていた。あら上手だこと、と志万が感心すると、黄ばんだ指先で額の汗を拭いながら美智江が笑い返した。

調理のコツがわかっている。大根の皮を剝かせてみて納得した。

金ボウルの八幡巻も綺麗にこしらえてある。

「串が牛蒡にかからなくて……」

「いいのよ、それは。もう一度火を入れればしまるから」

「あっ、そうですね。あとは何を……」

「生湯葉をお願い」

はいっと返答して美智江は額に手を当てた。うっすらと汗が滲《にじ》んでいた。

美智江はよく汗を搔《か》く。体質らしい。最初は緊張していて汗が出るのだろうと思っていた。三社祭が終り、〝お富士さん〟の植木市がきて、灼《や》けつくような浅草の夏がはじまると、美智江はブラウスが肌につくほど汗を搔いた。本人も気にしていた。

「すみません。みっともなくて……。子供の時からなんです」

「そんなこと気にすることはないわ。それだけ若いってことなんだから。私も若い時はひどい汗っ搔きで亭主《うち》の人に呆《あき》れられたもの。気にすると余計に出るものよ。慣れれば何てことはなくなるから」

それでも料理や酒を運びながら、何度も手拭いを鼻に当てていた。

「女の汗ってのも艶《いろ》っぽいね」

美智江を見てそう言ったのは一見《いちげん》の客だった。

その言葉に他の客が反応した。一瞬のことだったが男たちの気配が動いた。男はそういうものである。だがそれ以上に、言われた当人の美智江が狼狽《ろうばい》していた。志万は美智江の反応に少し驚いた。美智江の顔が少しずつ青ざめていった。

「ミッチャン、裏からビールをお願い。三本でいいわ」

美智江が裏に回ると、志万はその客に言った。

「店の子をからかわないで下さいまし」

「えっ、からかいやしないよ。誉《ほ》めたつもりだったがな」

客は不機嫌そうに言った。

女の志万の目から見ていても美智江には男の目を逸《そ》らさせない妙な雰囲気がある。それがどこから来るものなのかわからないが、美智江が隠そうとしても、ふとした拍子に零《こぼ》れ出すように艶《つや》っぽいものがあらわれる。三十歳に近づこうとする女はそういう時期なのだと言ってしまえばそれまでだが、美智江の気配には年頃とは無関係なものがある気がする。そのことと彼女が隅田川に身を投げたことは関りがあるのかもしれない。

一番切ないのは美智江である。

いっそ身投げの事情を訊《き》こうかと思う時もある。話してしまったほうが楽になると思う。そうしないのは、六年前に亡くなった亭主の大江留次《とめじ》が志万の過去を何ひとつ訊かずに最期まで連れ添ってくれたからだ。

留次は噂話の類《たぐ》いを嫌った。

他人を誹謗《ひぼう》、中傷したりする話を目の前でされると、

「その手の話はよしてくれないか。聞いていると辛くていけねぇ」

と困ったような顔をした。

若い時分から父親と隅田川の荷役、東京湾の荷役と荒っぽい仕事をしてきて、昔は腕っぷしも半端ではなかったと評判の留次が心底困った顔でそう言うと、相手は驚いて噂話を止めた。

その留次が花火が大好きだった。

出逢ってから夏が来る度に留次は口惜しそうに言った。

「おまえにいっぺん両国の川開き、隅田の花火を見せてやりたいんだがな……」

志万と留次が出逢う四年前から隅田の花火は中止になっていた。

なにしろ江戸の享保から〝両国の川開き〟としてはじまったというから、浅草っ子の留次にとっては、花火は夏の浅草に欠かせない行事だった。その花火が日本経済の高度成長期と重なり、自動車の激増で都内の道路が大渋滞しはじめた。花火の当日は何本かの主要道路で車がまったく動かなくなった。当時で七十万人を超える見物客でごった返し、不慮の事故でも起きたら一大事になると警備当局が開催に反対した。その上隅田川の汚染が最悪になっており、見物客から悪臭に文句が出て、昭和三十七年にとうとう中止になった。

花火大会が再開したのは、娘の志津子が中学に上がった年の夏だった。

何年も前から浅草中の有志が区役所にかけ合い、あちこちに後援、寄附を願い出て、ようやく都知事が動き出し、再開の日を迎えた。その時の留次の喜びようはまるで子供のようだった。

一発目の花火が上がった時の、あの大歓声は今も耳の奥にしっかりと残っている。志万は花火がこんなに美しくて、こころをときめかすものとは思わなかった。中学生になったばかりの志津

子が珍しく頬を赤く染めていた。娘の目が興奮しているのがわかった。留次の夜空を仰ぎ見る目がこころなしか濡れているようにさえ映った。

もうすぐその花火の夜がやってくる。


「うん、美味《うま》いね、この鱧《はも》は……。梅肉によく合うもんだ」

花川戸の保険屋の上司が上唇を舐めながら言った。

「ここで鱧を出しはじめたのは去年からだわね。関西じゃよく食べるらしいね」

連れの女が上司が注ぐビールを受けて答えた。

「むこうの夏はこればっかりだよ。ねえ、この鱧は女将さんがこしらえたの」

「いいえ、鱧は女の手じゃ、とても引けません。包丁も特別ですし、引いて下さる処があって、それを頂いてるんですよ」

鱧は去年から出しはじめた。

留次の好物だった。夏になると留次は志万を連れて、銀座にある関西割烹の料理屋に出かけた。湯引きした鱧を梅肉で食べ、たっぷりと脂の乗った身を鍋でみつ葉とやるのが留次の愉しみのひとつだった。二人して関西に旅に行って食べた鱧料理の美味しさは、今も志万の味覚の記憶に残っている。

靴工場の若い職人たちが入ってきて、小上がりに上がった。

美智江が注文を訊いている。

ちいさな店だから注文が耳に届く。

ちょっと急いでるんだ。一杯やってから飯にするよ。焼魚は何があるの……。

――御飯を多目に炊いておいてよかった。

木戸が開く音がして顔を上げると、宇都宮の親方が入ってきた。一ヶ月振りになる。

「あら、こっちにいらしたんですか」

「今月の初めで名古屋の仕事が終った」

親方はカウンターの奥に座った。

よく日に焼けている。

「お元気そうな顔色ですね」

「名古屋の夏の陽射しはおかしいくらい強かったな。五月の半ばを過ぎるともうカンカン照りだ」

美智江が注文書きを記したメモを置いた。

「急いでいらっしゃるんですって。あっ、いらっしゃいませ」

美智江が親方に声をかけた。

「おう、頑張ってるな。そう言やあ、花火はもうすぐだな」

親方が言った。

「今週の土曜日です。二十六日です」

「そうか、ひさしぶりに見物したいが、そうもいかないだろうな」

「またどこかに行かれるんですか」

「北海道だ。旭川に行く」

「涼しくていいじゃありませんか」

美智江が小上がりに行き、カウンターを回って親方の前にビールを出した。

「どうだ、少しは慣れたかい」

「はい。でもまだ……」

「顔色も良くなったな」

「お蔭さまで……」

親方は六月に店に来た時、美智江に声をかけてくれた。さすがに親方は大人の男の励ましようで、彼女にやさしく話してくれた。美智江も珍しく彼女の出身地を懐かしげに話した。

「どこの生まれだね」

「北海道です」

「北海道のどこだい？」

「小樽です」

——そうか、小樽なのか……。

それであまり言葉に訛《なま》りがないのだ、と思った。北海道出身の人は東京の言葉に馴染み易いという。浅草にはいろんな土地の人が来る。身に付いた国の訛りはなかなか抜けない。志万も最初、それで苦労した。東京にだって下町の言葉と山の手の言葉がある。志万には下町の言葉の方が良く聞こえる。留次の口から毎日聞いていたからだろう。いつしか自分の話し方も下町に染まった。いや染まったというより、留次が天草の訛りも、辛かった過去も皆洗い流してくれた。女は安堵できる男の肌に寄り添っていれば、嫌なことも怖いことも忘れられるのだろう。

——女将さんは浅草だよね。言葉でわかるもの。

客にそう言われると悪い気持ちはしない。

今夜の親方はゆっくりだ。浅草泊りらしい。

九時を過ぎてカッチャンが一人でやってきた。

少し間があって三代目が入ってきた。顔が少し疲れている。花火の夜に出す屋形船のことで大変に違いない。

「三代目、船の席は空いちゃいないよね」

カッチャンが冗談半分に訊いた。

「どうしたんだ？　船から見物したいのか。どうしてもと言うんなら……」

「いやいや。冗談です。すみません」

カッチャンが頭を下げた。

三代目はカッチャンの顔をじっと見た。

「冗談でもなさそうに見えるぜ。仕事でか」

「………」

カッチャンは首を横に振って黙っている。

当夜は隅田川だけで五百隻《せき》余りの船が出る。千葉や神奈川、三浦の方から水伝いに上がってくる船もあるが、水上署の規制が厳しく遥か遠くで投錨《とうびょう》する。三代目のところの屋形船は特等の水域である。一年も前からの予約で一杯だという。

何か事情があるのかカッチャンは黙っている。珍しく三代目がさらに訊いた。

「家族か？」

「……女房の親がさ」

三代目が志万を見た。大袈裟《おおげさ》に目を丸くして口をへの字にしている。それからカッチャンを見返して言った。

「金がかかるぞ」

「それは知ってますよ」

「何人だ？」

「女房と義弟を入れて四人です」

「わかった。入船は三時前だぞ」

「本当ですか」

カッチャンの顔が明るくなった。

「よかったわね。親孝行ができて……」

志万が笑って言った。

その夜、店がはねて志万は美智江と明日、花火の日に着る浴衣を午前中に二人で取りに行く約束をした。


待ち合わせの時刻に美智江が少し遅れていた。

志万は〝志万田《しまだ》〟の軒下に立ち、道に落ちた日傘の影をぼんやりと見つめていた。

日傘を回すと影が揺れた。昔、こんなふうにして人を待っていたことがあった。相手が留次だったのか、それとも他の誰かだったのか思い出せない。日傘を差すような歳だったのだから浅草での記憶だろう。

蟬の声が聞こえる。

志万は路地の上空を見上げた。どこか電柱にでもとまっているのだろうか。車のクラクションが鳴った。大通りの方を見た。美智江はまだ来ない。

『花火のあとの休みに食事につき合って欲しいんだが……』

甲子《きのえね》の声だった。甲子こと桜井文雄が鬼灯《ほおずき》を見ながら、今月の初め、店のカウンターの隅でぽつりと言った。

『銀座あたりに出て食事でもしないか。何なら横浜に行ってもいいが……』

あらたまって言われると、その食事が単なる食事では済まない気がする。

今春、夜桜の宴席で、今年の秋の留次の法要までに一緒になるのを考えてくれないか、と言われた。

その返答をしていない。留次が亡くなってまだ六年目である。あっという間に六年が過ぎた。

留次が死んでから桜井は店のことを何かと気遣ってくれたし、志万が淋しい思いをしていないかと芝居や映画に誘ってくれた。留次以外の男と浅草界隈を歩くことに気後れしたし、志万の胸の内には留次がちゃんと生きていて、周囲が心配するほど淋しさはなかった。それでも三度に一度は桜井と出かけた。桜井が留次の後輩で、子供の時から兄のように慕っていなかったら二人して出かけることはなかったろう。

蝉の声がまたしはじめた。いや、蝉の声とは違う。耳の底で響く地虫の声のような音だ。妙だ、と思って志万は店の木戸を振り返った。店の中から聞こえている。

電話の呼び出し音だった。こんな朝早くから誰がと、志万は裏に回って木戸を開けた。やはりそうだった。電話を取ると、

『す、すみません。美智江です』

美智江のくぐもった声がした。

「どうしたの」

『少し体調がおかしくて、熱が下がらないんです』

「あら、夏風邪でしょう」

『それでそちらに……』

「いいのよ。休んどきなさい。浴衣の方は私がやっておくから。それよりお医者さんに行きなさい。私がこれから連絡しておくから」

『いいえ、いいんです。今は少し熱も下がりそうですから』

「じゃ、帰りに薬を届けるわ」

『本当にいいんです。薬は持っていますから』

「そう……」

美智江の口調が少しおかしかった。

熱のせいだろうと思った。

浴衣を取りに行き、浅草寺に参拝した後、すし屋通りで手打ちそばを食べた。

志万の座ったテーブルの壁に相撲の番付表が貼ってある。余白に押された部屋名で、和田雅美《わだまさみ》の部屋とこの店が古いつき合いだとわかった。

一人の女の顔が浮かんだ。この番付表にある相撲部屋の女将である。この女を初めて見た夕暮れを志万は覚えていた。六区の通りにある料理屋に勤めている時、雅美と仲睦《なかむつ》まじそうに歩いていた女だ。部屋の親方の一人娘だった。

雅美は志万と同じ天草の出身で生家もすぐ近くだった。少年の頃から相撲が強く、中学を卒業すると同時に相撲部屋にスカウトされ上京した。相撲は強かったが気が弱いところがあった。九州場所で部屋から逃げ出した雅美は志万に助けを求め、彼女は書き置きを残して博多まで逢いに行った。それで男と女になってしまった。島を出て、両国に住み、雅美を応援し支えてきた。一緒になれるとばかり思っていた雅美が、出世し、親方の娘と婚約した。遠い昔のことである……。

今年の三社祭の後、美智江と二人で出かけた鍋屋に、女はでっぷりと肥えた身体になって部屋の若い力士たちと鍋を囲んでいた。

女が力士たちに洩らした言葉がよみがえった。

「あの人はもうだめなのよ。あれだけ私が飲むのをやめなさいって言ったのにきかないからよ……。自業自得よ、遊んでばっかりいるからよ」

雅美は入院しているようだった。妻から、自業自得よ、と吐き捨てるように言われているのを聞いて、相撲部屋の親方になってからの雅美はどんな暮らしをしていたのだろうか、と思った。気にならないと言えば嘘になるが、いまさら逢おうとも思わないし、違う世界の話である。雅美と別離し、死のうと思いつめたことが他人の話のように思える。それもこれも留次と出逢い、守って貰えたからである。

志万がそばを食べ終え、勘定をしようと立ち上がった時、女が男と店に入ってきた。女のうしろからあらわれたのは桜井だった。桜井は志万の顔を見て、一瞬、驚いたような表情をしてから言った。

「やあ、一人かい?」

志万がうなずくと、女が振り返って志万を刺すような視線で睨《にら》んだ。

「志万さん、この間の話だが……」

「甲子さん、じゃ、お先に失礼します」

志万は素気なく言って店を出た。

店を出ると、女にあんな目で見られたことに少し腹が立った。

薬局で風邪薬と熱冷ましの薬を買って吾妻橋を渡りはじめた。

花火の準備の鉄柵がすでに出来上がっていた。花火大会の当夜、橋は一方通行になる。この橋の上だけで何千人という見物客が群がる。白鬚《しらひげ》橋、桜橋、言問《こととい》橋、駒形橋、厩《うまや》橋、蔵前橋、両国橋まで鈴なりの人である。この一夜に百万人もの見物客が訪れる。

志万は吾妻橋の中央に立つと、上流と下流をゆっくりと眺めた。言問橋のむこうに桜橋の橋塔が光ってそのむこうに青い夏空がひろがっている。ぐるりと視界を回せば駒形、厩、蔵前……と蛇行する川とともに扇のように連なって東京湾にむかっている。海に出るあたりはビル群にまぎれているが、ビルの上の空に積乱雲が上昇しようとしている。夏の隅田はカラッとして気持ちがいい。川風が日傘を揺らす。志万はゆっくり橋を下って行った。

美智江の住むマンションは少し低い土地にあるので堤道から彼女の角部屋がよく見えた。今日は洗濯物が干してない。体調が悪くて寝込んでいるのだろう。

志万が堤の階段を下りようとした時、美智江の部屋のドアが開いた。

おやっ、と思った瞬間、足がとまった。

出てきたのは男だった。男はドアのノブを握ったまま周囲を見回した。顔ははっきりとはわからないが身形《みなり》からして素人ではないように思えた。男の視線が志万の方に向きかけたのであわてて日傘で顔を隠した。

——何者だろう……。

頃合いを計って傘を上げた。

男はマンションから出てくると、そこでもあたりを窺うように見ていた。遠くからでも目付きの悪そうな感じが伝わった。

志万は男が角を曲がるのを見届けてから美智江の部屋のドアを見直した。男は部屋を出て行く時、施錠しなかったように見えた。ということは部屋の中に美智江がいる。

——いつの間に？

昨夜、マンションでタクシーを先に降りた時には、男が待っているような感じはしなかった。

——もしかして……。

部屋を出てきた時の周囲を窺うような男の怪しい態度を思い出し、志万は走り出した。押し込みか強盗に違いない。草履が片方脱げた。それをすぐに拾い、片方の草履も脱いで足袋のままマンションにむかって全力で走った。

階段を駆け上がり美智江の部屋のドアに手をかけた。鍵がかかっていた。志万は訳がわからずチャイムのボタンを押した。返答がない。やはりあの男が鍵をかけて出て行ったのかもしれない。

志万はドアを叩いた。

「美智江さん。美智江さん、ミッチャン、ミッチャン、大丈夫なの。大丈夫なら返事をして、ミッチャン」

大声を上げ、ドアを叩き続けた。

返答がなかった。

——怪我を負わされて倒れているのかもしれない。早くしなきゃ、手遅れになってしまう。

「ミッチャン、ミッチャン」

一軒先の部屋のドアが開いて若い男があらわれた。

「す、すみません。今しがたこの部屋から変な男が出てきて逃げて行ったんです。ここは私の知り合いが一人で住んでるんです。大家さんか管理人さんを呼んで下さい。お願いです。誰か……」

志万が若者に叫んでいた時、部屋のドアが開いた。

美智江が立っていた。

髪が乱れ、ブラウスの胸元のボタンが取れた美智江が痣《あざ》のできた左目を隠すようにしていた。

「美智江さん……」

志万は思わず名前を呼んでいた。


「この蓴菜《じゅんさい》美味しいね」

カッチャンが嬉しそうに言った。

「義兄《にい》さん、ボク、このジュン、ジュン、何でしたっけ？」

カッチャンの義弟が訊いた。

「蓴菜だよ。睡蓮と同じ水草だよ。その若芽がさ、この季節にとれるんだ」

「へぇー、そうなんだ。義兄さんはいろんなことに詳しいですね。ボクなんか田舎で生まれて外に出てないもんだから、こんな美味いものが食べられる義兄さんや姉さんが羨ましいですよ」

「そりゃ少し大袈裟《おおげさ》だろう」

カッチャンが呆れたように義弟を見ている。

「義兄さんにひさしぶりに逢って、こんないい店でご馳走になってボクは果報者ですよ」

「だから大袈裟なんだって」

「そんなことはありません。ボク一度、こういう着物を着た美人の女将さんのいる小料理屋って言うんですか？　そこで一杯やりたかったんですよ。本当にいい義兄さんを持ってボクは果報者ですよ」

カッチャンが吐息をついた。

義弟がカッチャンの耳元でささやいた。

「もうひとつ、このジュン……」

「蓴菜だよ」

「おかわりしていいですか」

「こういうもんは少し食べるから美味しいんだよ」

「いいんですよ。まだたくさんありますから、どうぞ召し上がって下さいな」

志万は笑って言った。

「いい女将さんですね」

カッチャンがまた吐息を零《こぼ》した。

カッチャンは今年の花火大会に奥さんの両親を三重県から招待した。二日早く奥さんの弟が上京してきた。

志万は蓴菜を小鉢に入れながら指先が少し震えているのが自分でもわかった。

やはり緊張している。

一昨晩も、昨晩も男はやってこなかった。

遅かれ早かれ、男は必ず美智江に逢うために〝志万田〟を見つけ出してあらわれるはずだ。

あの日の昼間、志万は美智江から事情のあらましを聞いた。

志万がマンションから出てきたのを見たあの男から逃れるために、美智江はこの一年余り逃亡していたという。四年前に美智江の父が街金融で借りた金が利息でふくらみ、気付いたときには家も何もかも抵当に取られ、丸裸にされた。札幌の銀行に勤めていた美智江の所に男があらわれ、返済を迫った。冷たい目をした男だった。警察に相談に行ったが、金を借りたのは家族なのだから返済するのが先決だと言われた。女子銀行員に返済できる金額ではなかった。それでも利息だけを半年払い続けたが、或る時、男は銀行に怒鳴り込んできた。しかたなしに銀行を退職し、男が見つけてきた薄野《すすきの》の夜の店で働きはじめた。それでも借金の返済は追いつかなかった。

或る時、男は美智江に自分の女になれば借金を減額しようと言ってきた。当時、美智江には同じ銀行に勤める交際相手がいた。美智江は男の申し出を相手にもしなかった。男は交際相手に逢いに行き脅しはじめた。真面目な若者だったので相手が美智江から離れて行くのに時間はかからなかった。男は執拗に美智江に接近した。美智江は男に対して激しい憎悪を抱いていたから懸命に夜の世界で働いた。飲めなかった酒も飲むようになり、いつしか生活が以前とまるでかわり、客と気ままに遊び半分の恋愛さえできるようになった。ところが男は美智江の恋愛相手を見つけ出して悶着を起こした。借金はいっこうに減らなかった。店が終った後、薄野にあった非合法のカジノに出入りするようになった。すぐに借金ができて美智江は男から金を借りるようになった。男はあっさり金を貸し付けた。三ヶ月もしないうちに父の借金をはるかに上回る額になった。

或る夜、地下にあるカジノで男と出逢った。

借金の取り立てと、女になれという申し出の時以外に男と逢ったのは初めてだった。男の素の顔を見た。あらためて相手を見ると年齢もさして自分とかわらない気がした。蛇に似た目をしているのは初めて逢った時から同じだが、淋しい男なのだろうと思った。

美智江は男を酒場に誘ってみた。男は酒が一滴も飲めなかった。無理矢理飲ませた。その夜、美智江は男に抱かれた。相手と対等になったと一瞬思ったが、罠に嵌《はま》っていた。それが男と暮らしはじめてわかった。ただ男とのセックスに溺れていく自分をどうしようもできなかった。男から逃げて名古屋、新潟、横浜を転々としたが、その度に男は美智江を見つけて連れ戻した。美智江は自分の身体のどこかに男が探しに来てくれるのを期待しているところがあるのに気付きはじめた。

東京に逃げて赤坂、新宿と働いた。男はあらわれなかった。美智江は自分から男に連絡を入れた。連絡を入れた後、自分でも訳がわからなくなり、気が付いた時は浅草をさまよっていた。隅田川を橋伝いに歩いた。川の水面を眺めているうちに死のうという気持ちが起こった。いったんそう思い込むと死ぬことだけを考えるようになっていた。橋の欄干から飛び降りた瞬間から記憶がなかった。

目を覚ました時、最初に見たのが志万の顔だった。

男がマンションにあらわれたのは、たぶん小樽の母に出した葉書の住所からだろうと美智江は言っていた。

志万は美智江の話を聞き終えると言った。

「立ち入ったことを訊くようだけど、あなたはその人を好きというか、その人に恋愛感情を持ってはいないの?」

志万の言葉に美智江は顔色ひとつかえずに首を横に振った。

「もうひとつ訊かせて。そんなふうに相手があなたを殴ったりするのはこれまでもよくあったことなの」

「いいえ、初めてです。よほど逆上していたんでしょう」

「そう……」

「あの男、蛇みたいな男なんです。私以外にも私のように縛られている女の人がいるんです。それを知って私はあの男の所へは二度と戻らないと決めたんです」

「ミッチャン、最後にもうひとつだけ訊くけど……、あんたはこの街で暮らしたいの？」

「ええ、できれば……」

「それはどうして？」

「それは……、女将さんが、いや志万さんが、あの雨の夕暮れに吾妻橋の袂《たもと》でおっしゃったからです。私が三社さまの神輿に手を合わせた時から、この街の氏子になれたんだって」

美智江は志万の目を真っ直ぐに見て言った。

「よくわかったわ。それなら今回のことは皆私にまかせてくれる」

美智江は心配そうに志万を見た。

「そうすると約束して。私が何とかしてみるわ。心配しないで、大丈夫だから」

志万は言って、男の名前を訊き、美智江を自分の家に連れて帰った。そうして志万がいいと言うまでこの家から出ないことを約束させた。


その足で三代目の所に出かけ、事情を打ち明けた。

三代目は黙って話を聞き、静かに言った。

「わかった。花火以外の日は俺も店に顔を出すようにしよう」

「そんなことをして貰ったら悪いわ」

「志万さん、相手は素人じゃないんだぞ。俺の手におえるかどうかもわかんないんだ」

「そうかもしれないけど、その男は美智江さんに惚れてるわ。きっと美智江さんも相手のいい所を見たんだと思うわ。心底悪い人間なんていないはずよ」

「甘いな……」

「何が甘いの」

「今、志万さんが言ったことさ。心底悪い奴などいないって……。そうじゃねぇんだ。人は生まれた時からの悪党はいないが、どうしようもない悪党になっちまう者はいるんだよ。俺のオヤジはそういう悪党に騙されて首を吊ったんだ」

三代目の父親が人に騙され自殺した話は留次から少し聞いていた。

「俺はそいつを殺してやろうと思った。実際、そいつを探したんだ。そん時に俺を諌《いさ》めてくれたのが留次さんだ。〝悪党に手をかけて、おまえが殺《や》っちまったら、おまえも悪党になる〟ってな。〝本当の悪党ってのは放っておいてもぶざまな死に方しか出来ねぇもんだ〟と言われて思いとどまれたんだ。志万さん、世の中に悪党はちゃんといるんだよ」

「そうかもしれないけど。美智江さんのことは私が自分でやってみる」

「わかった」

それ以上は何も言わず三代目は一昨晩、昨晩と店に顔を出してくれた。

一昨晩、美智江と二人で寝た時、志万は彼女に故郷のことを訊いてみた。

「小樽ってどんなところ?」

「寒い街です」

「そんなに……。私は南で生まれ育ったから東京でさえ寒くてしかたなかったわ。とても寒い時に風がダイヤモンドみたいに光るんですってね」

「はい。ダイヤモンドダストって言うんです。とても綺麗です」

「一度見てみたいわ」

「でもそれが見える日はとても寒い日なんです」

「そうなの。でも見てみたいわ」

「志万さんの生まれた所は暖かいんですか」

「ええ、雪なんて何年に一度しか見ることがないわ」

「羨ましい。時々は帰られるんですか」

「いいえ、十七歳の時に出たっきりで一度も帰ってないわ。でもいいの。私はこの街が好きなの。浅草があればいいのよ」

「いいですね。そんなふうに思えるって」

「あなたもきっとそうなるわよ。私、浅草がなかったら、今頃、とっくにこの世にいなかったと思う。浅草であの人に逢えたし」

「あの写真の人ですね」

二人は簞笥の上に立てかけた留次の写真を見た。

「留次さんって言うの。本当にやさしい人だった。私の人生をまるごと引き受けてくれたわ」

「しあわせだったんですね」

「そう、今も思い出す度におだやかな気持ちになるわ。美智江さん」

「何でしょうか」

「私、あなたにもそうなって欲しいの」

「……」

美智江は何も言わなかった。

ほどなく志万は部屋の電灯を消した。ちいさく吐息を零して目を閉じようとした時、

「私、しあわせになれるでしょうか」

と美智江が訊いた。

志万は沈黙している間、美智江がそのことを考えていたのだと思った。

――自分のような女が、この先しあわせになれるはずはない。

きっとそう思っていたに違いない。そう思った途端に涙がひとすじ目尻から流れた。

――あの時の自分と同じだ。

と思った。

「美智江さん」

「はい」

「あなただったらきっとしあわせになれるわよ」

「そうだといいですね」

そう言ったきり美智江は黙り、寝息が聞こえてくることはなかった。


「さあぼちぼち引き揚げるかな」

カッチャンが義弟の肩を叩いた。

「義兄さん、もう帰るんですか。もう少し飲みましょうよ」

「ボクは明日も会社があるの。それに女房の弟の君を引っ張り回すほどボクには甲斐性はないの。薄給なんだよ、これでも」

小上がりの客も、〆《しめ》るように合図した。

志万は店の壁の時計を見た。九時を回っていた。三代目は顔を見せない。きっと忙しいのだろう。志万は嫌な予感がした。

——こういう夜に限って……。

そう思った時、木戸が開く音がした。志万は急に心臓が高鳴った。

「いらっしゃいまし……」

顔を上げると、宇都宮の親方が笑って立っていた。志万は胸を撫でおろした。

「あらお珍しい。こんなに通って下さるなんて」

「あれから浅草にいたのさ。女房は孫の顔を見に新潟へ行ったまま戻ろうとしないんだ。家に帰っても一人じゃな」

じゃ親方、お先に、とカッチャンが義弟と引き揚げた。小上がりの客もすぐに出た。

親方は奥のカウンターに腰を下ろした。

「親方、お食事の方は……」

「宵の口に軽く済ませた。何か少しみつくろってくれ」

「承知しました。お酒はいつもので」

親方はうなずいてから言った。

「あの子は今夜は休みか」

「ええ、夏風邪を引いてしまいましてね」

「そりゃいけねぇな」

「今日の昼間も逢ってきました。もう元気なんですが、少し休ました方がいいと思いましてね」

お通しと酒をカウンター越しに差し出した。

「おう、鱧鮨か。関西を思い出すな」

「素人のこしらえですから……」

その時、店の電話が鳴った。

三代目だった。

『どうだい様子は』

「今夜は大丈夫のようですね」

『悪いが、まだ手が離せないんだ……』

「今夜は平気でしょう。どうぞお仕事を続けて下さい」

『客はいるのかい』

「はい」

電話を切ると、親方が目を閉じていた。小首をかしげて何かを聞いているふうだった。

「どうかなさいましたか、親方」

「いや、宵の口に上がった料理屋で仲居さんが今日は川音が聞こえるって言うもんでね」

「ああ川のせせらぎですね」

「女将も聞いたことがあるのかい」

「はい。静かな夜はここまで聞こえますよ。もっとも岩や石をすすぐような水音じゃありませんからね。どう言ったらいいんでしょう。やわらかな風の音に似てるかもしれませんね。なかなか気付かないんですよ。はっきりとは聞こえないんで。この街を包んでくれているような、何かを洗ってくれてるような……、そんな音なんです」

「へぇ〜、そうなのかい」

親方はそう言って、また目を閉じた。しばらく耳を傾けていたが、目を開けると笑って首をかしげた。

「わからねぇや」

「少し暮らせば、あの音だとわかります」

「そりゃいい。住めば聞こえる音ってぇのが粋《いき》じゃないか」

「はい、浅草ですからね」

志万の言葉に親方が笑った。

それからしばらく親方は黙って酒を飲んでいた。静かな夜だった。

木戸が開く音がした。

紺のスーツを着た痩せた男が入ってきた。

「まだいいですか」

「ええ、どうぞ」

男はカウンターの隅に座った。

「何をお飲みになりますか」

「不調法でね。お茶にしてくれるか。簡単に何か食べたいんだが」

「じゃ、まかせて貰えますか」

「ああ、頼みます」

差し出した茶碗を持つ男の手がかすかに震えていた。

冷蔵庫から笹鰈《ささがれい》と煮物を出した。

笹鰈を軽く焼き、煮物をあたためて味噌汁とお新香を付けて出した。

「御飯のおかわりは言って下さい」

男は黙って出されたものを食べた。

その間中、親方も何も言わずに飲んでいた。

「美味しかった。勘定をしてくれ」

男は立ち上がった。気付かなかったが左頬にひどい傷跡があった。

「女将さん、ちょっと訊きたいことがあるんだが……」

志万はカウンターを出て男の隣りに立った。

「×××さんですよね」

小声で相手の名前を言うと、男は驚いたような顔をして志万を見返した。

「あの子は休ませています。表に出られるような顔じゃありませんしね。もしあの子に逢いたいんでしたら、明日の昼の十二時に、この店に来て下さい」

志万は用意しておいた仲見世の喫茶店の名前と住所を書いたメモを渡した。

男は黙ってそれを受け取ると、勘定を払って出て行った。

志万は男を見送って外に出ると、暖簾《のれん》を手に戻ってきて小上がりに置いた。

「さあ親方、今夜はこころゆくまで飲んで下さいな。ここからはご馳走します」

「そりゃありがたいが、俺にも使わなきゃなんない金がある」

親方の言葉に志万が微笑した。

親方は銚子を二本空けて立ち上がった。

「いやいい夜だった。何年も通ったが、二人っきりで飲めたのは初めてだ。女房にいい土産話ができた」

「あら、もう明日宇都宮にお帰りなんですか」

「うん、そんな塩梅《あんばい》かな」

「せっかくですから花火を見て行かれたらよろしいのに。店はやっていますから」

「………」

親方は笑うだけで返事をしなかった。

志万が木戸を開けた。二人して路地に出た。

「ほら親方、聞こえるでしょう」

志万が隅田川の方を指さして耳をそばだてるようにした。親方も立ち止まり、目を閉じて耳を傾けた。

「ああ、これが……うん、たしかにな」

親方は満足そうにうなずいて歩き出した。


花火大会の当日、志万は美智江と二人で交通規制のはじまる前の時刻に吾妻橋を渡った。橋を渡りはじめると川風が二人の身体を抱きしめるように吹き寄せた。欄干の中央に立って上流を見ると、白鬚橋と言問橋の間に打ち上げの台船が投錨していた。すでに何人もの人がそこで立ち働いている。下流に目をやれば駒形橋と厩橋の間にも同じように台船が浮かんでいる。川べりには記者席、特別席が設けられ、消防車が何台か見える。川の周囲の空気がふくらんでいる。

「何だか楽しみね」

志万が言うと美智江はぎこちなく笑い返した。

昨晩、志万が美智江に言ったことを美智江はまだ思いあぐねている様子だ。志万はつとめて明るく言った。

「ミッチャンは幸運よ。浅草に来てすぐに三社祭と花火を見ることができるんだもの。私は花火を見るまで十年以上、待ったのよ。さあ行きましょう」

志万が歩調を速めて歩き出した。

美智江の足取りはためらいがちである。それもしかたないと志万は思う。

――ミッチャン、今夜の件はあんたが決めることなんだからね。誰だって皆そうして自分が決めて生きているんだもの……。

志万は胸の中でつぶやきながら、うしろを歩いてくる美智江の足音を聞いていた。

店に着くと、すぐに下ごしらえにかかった。材料は昨日のうちにたっぷりと仕入れていたから、あとは仕事をこなしていくだけだ。

今日の一番はちらし寿司である。留次が好きだった鯯《つなし》をたっぷりとまぶしたちらしである。店裏からいい匂いがしてきた。美智江が椎茸を煮込みはじめている。志万はサヤエンドウを湯掻いている。冷蔵庫から鮪《まぐろ》を出して柵《さく》に分けていく。今日の鮪は特別張り込んで上等なのを仕入れた。それぞれの柵を晒《さら》しに包んで仕舞う。

志万はサヤエンドウを刻みはじめた。

包丁が俎板《まないた》に当たる音を聞きながら、志万は、昨日の昼間、仲見世の喫茶店でのことを思い出していた。

志万が約束の時間前に喫茶店に入ると、男はもう奥のテーブルにいた。

男は志万の背後を訝《いぶか》しそうな顔で見ていた。

「美智江はどこだ？」

苛立《いらだ》つように訊いた。

「美智江さんはここには来ないわ。けど明日、あなたの待つ場所に行かせます。だからその前に私の話を聞いて欲しいの。それができないんだったら、あなたに美智江さんを逢わせるわけにはいかない。あの子はもう私の家族と同じなんだから」

志万はきっぱりと言った。男は不満そうに志万の顔を見た。

志万は男に、どうして美智江が自分の店で働くようになったのかを話した。身投げの話を聞いて男の顔色がかわった。

「本当かって、こんな話を作ってどうするの。嘘なんかじゃない。普段、その橋のあたりに船がいることなんか千にひとつもありゃしない。たまたま通ったのが屋形船で、その三代目が船縁《ふなべり》にいたから気付いてくれたの。おまけにその人が特別男気の強い人だったから夕刻の川に飛び込んで助けてくれた。何もかもが幸運だったの」

「どうしてあいつは身投げなんかを」

「それはあなたのことが好きだったからよ」

男は志万の言葉に思わず顔を上げた。

「憎くて殺してやりたいほどのあなたを美智江さんは好いていたのよ。彼女は自分のその感情が嫌で、死にたくなったんだと思うわ」

「……」

男は黙っていた。顔が青ざめていた。

「あなたもそうでしょう。美智江さんに惚れたからあんなひどい仕打ちをし続けたんでしょう」

「やかましい。おまえに何がわかる」

男が大声で怒鳴った。

店にいた客が一斉に志万たちのテーブルを見た。

「大声を出さないで頂戴。いい大人が女相手にみっともないでしょう。私は美智江さんにしあわせになって欲しいの。美智江さんがしあわせになるのにあなたが必要なら、そうしなさいと言うわ。一度っきりでいいから二人でそのことを話し合って頂戴。私が言いたかったのはそれだけ。明日、花火が終ったら美智江さんを浅草寺の観音堂の前に行かせるから……」

志万はそう言って立ち上がった。そうして歩きかけてから男を振りむいた。

「隅田の花火を見たことはあるの？　一度見るといいわ。それは生きてて良かったと思うから……。じゃ、花火のあとで」


時計が三時を回った。

すでに外が騒々しくなっているのが店の中にいてもわかる。警察官が鳴らす警笛の音がひっきりなしに聞こえてくる。

志万は枇杷《びわ》とサクランボを水洗いしてボウルに入れ、蕨餅《わらびもち》の包みをほどいた。

美智江は花屋に注文しておいた額紫陽花《がくあじさい》に縞《しま》すすきを取りに行っている。

昨晩、下唇を嚙んだままじっとうつむいて志万の話を聞いていた美智江の姿がよみがえった。

「逃げたってどうしようもないことなのよ。あなたが自分の気持ちをちゃんと見直してみなきゃ駄目よ。あの人はあなたのことが好きなのよ。……そんなことはない？　そうじゃない。あなたに惚れているから借金を決して完済にさせなかったのよ。でもそれだけじゃない。あなたもあの人を好きなのよ」

美智江は一瞬、顔を上げた。

「その感情がどうしようもなくなって、あなたは馬鹿なことを考えたのよ。私はあなたに二度とあんなことをして欲しくないの。何度逃げても同じなのよ。人は何かから逃げとおすことはできないのよ。だから一度、二人で話し合って欲しいの。それでもしあなたがあの人を心底好きだとわかれば、それはそれでいいと思うわ。惚れた人が罪人だってかまやしないのよ。最初っから悪党なんて、この世にいないんだから。世間から何と言われようと、男と女は当人同士が寄り添っていればそれでいいのよ。人でなしと言われても、あなた一人が信じてあげればそれでしあわせなのよ。いいこと、明日、花火のあとで浅草寺の観音堂の前であの人が待っているわ。そこに行ってお互いのことをしっかり話してみて頂戴」

「志万さん、私はもうあの男には逢わないと決めているんです」

「だったら最後にもう一度だけ逢ってみて。私からのお願いだから」

「……………」

美智江は何も返答をせずじっとうつむいていた。

志万は今朝、目覚めて美智江を見た。目が充血していた。眠れなかったのだろう。

「私、逢ってきます」

出がけに美智江は消え入りそうな声でそう言った。

ドンとかすかに音がして、ヒュルルルーと風を切りながら光の糸が上昇したあと、夜空に大輪の花火が開いたかと思うと、ドカーンと耳を裂くような轟音《ごうおん》がした。ワォーッと叫びとも歓声ともつかぬ見物客の声に続いて拍手が湧き起こった。

今年一発目の花火が打ち上げられた。続いて連射のように次から次に花火が空をあざやかな色彩に染めて行く。その度に吐息と歓声が上がる。

「ミッチャン、少し見物しようか」

志万は美智江と店を出て大通りにむかった。無数の人の群れのむこうに花火が上がるのを眺めた。花火を見上げていると、志万の胸には留次の姿が浮かんでくる。目を細めて空を仰ぎ、黙って花火を見上げていた顔がいとおしさとともによみがえってくる。まるで子供のようにひとつひとつの花火に感心したり、驚いたりしていた。花火を見ていると無垢《むく》な気持ちに戻ることができたのだろう。

花火が再開してから三年目、一度、娘の志津子と三人でTデパートの屋上から見物した夜があった。もみくちゃになりながら花火に手が届きそうな場所で見たので、爆風で頬が熱くなったのを覚えている。

耳元で大きなため息が聞こえた。

隣りで美智江が目をかがやかせて花火を見ていた。瞳に花火が映り込んでいる。時折、目をしばたたかせる。

「綺麗でしょう」

「ええ、こんなに美しいとは思いませんでした。何だかこころが洗われるようですね」

「そうそう、わかるわ」

「初めてです。花火を見て、こんな気持ちになるのは……」

美智江がまた吐息を零した。

「花火の間は店にお客さんは見えないから、気の済むまで見ていていいわよ」

志万は夢中で花火を見ている美智江を残して店に帰った。

志万は小上がりに腰を下ろして隅に置いておいた紙袋を引き寄せた。着物の帯に仕舞っていた祝儀袋を紙袋の底に入れた。

ほどなく美智江が戻ってきた。頰が赤く染まっている。花火の熱気に当たったのだろう。

志万は壁の時計を見た。打ち上げがはじまって一時間が経っている。あと二十分余りで花火は終了する。

志万は立ち上がった。

「さあミッチャン。そろそろ行きなさい。花火が終った直後はひどい混雑で歩けなくなるわ」

「志万さん、私はやっぱり行くのをよそうと……」

「行かなきゃ駄目よ。約束でしょう。あなたのこれから先の人生のためよ。それと、これ……」

志万は小上がりの紙袋を取り、美智江に差し出した。

「二人でこしらえた浴衣と簡単な着換えを入れといたわ。少ないけど、下に今日までのお給料も入れといたから」

「私、必ず戻ってきます」

「それは二人で話し合って決めることでしょう。ちゃんとそうすると約束してくれたじゃないの。こうしようと決めたら誰に遠慮もしないで前を向いて生きるのよ」

志万は笑って紙袋を押しつけた。

「さあ早く行きなさい。あんたは身体が人より少し大きいんだから、しゃきしゃき動かなきゃ。あっ、それと風邪薬も……」

そこまで言って志万は口元をおさえた。

これ以上何かを言うと泣いてしまいそうだった。志万はうつむいている美智江のうしろに回り、大きな背中を押して裏木戸を出た。

「浅草寺の観音堂の前よ。仲見世通りは混むから観音通りからメトロ通りを行くのよ。わかったわね」

美智江の嗚咽《おえつ》が聞こえた。

「さあ、早く行きなさい。もたもたしちゃ駄目だって、同じことを何度も言わせないで」

志万は怒ったように言って美智江を大通りに押し出し、あとは振り返らずに店まで駆けた。

「いや冥途《めいど》のいい土産になりました。あんなに近くで花火を見たのは初めてです。まぶしいのに驚きました。片岡さん、本当にありがとうございました。それにこんな美味しいものをごちそうになって、私、いつ死んでも本望です」

カッチャンの義父《おとう》さんが義母《おかあ》さんとともに深々と頭を下げた。

「そんな義父さん、やめて下さいよ。ボクの方こそ、この頃は三重の方に挨拶も行かずに申し訳ありません」

「トモコは果報者です。それに倅《せがれ》までお世話になって……」

「義兄さん、俺がこれまでに見たどこの花火より、隅田の花火は最高だわ。俺は今夜のことを一生忘れない。ありがとうございました。それにこのお寿司の美味いこと」

「あんた、あんまり美味い、美味いって言わないの。普段田舎で何を食べてるのかって思われるから」

カッチャンの奥さんが言った。

「何を言ってるんだ。美味いもんは美味いだろうよ」

カッチャンが義弟の肩を叩いている。

店は馴染み客で一杯である。

木戸が開いて甲子が入ってきた。連れの男と二人である。席がないのを知って引き揚げようとすると、カッチャンの奥さんが私たちそろそろと立ち上がった。

客が入れ替り、立ち替りやってくる。

志万は壁の時計を見た。もうすぐ十時である。

「女将さん、今夜はよく時計を見ますね。何かいいことでもあるんですか」

「いや、そうじゃなくて三代目がそろそろ見えるかなって。見えたらお礼を言わなくてはと思って……」

「与四屋が来ることになってるのか」

甲子が舌打ちした。

「ええ、カッチャンがとてもお世話になったんです」

「あの野郎、また女将に点数稼ぎしやがって」

「そうじゃありませんよ。けど人を睨みつけるお連れさんといる人よりいいんじゃありませんか」

甲子が苦虫を嚙みつぶしたような顔をした。

三代目はまだ来ない。片付けが大変なのだろう。

木戸が開いた。三代目が顔を出した。

ヨオーッ、大統領、とカッチャンが声を上げた。三代目は愛想笑いをして、志万の顔を見た。

そうして指で手招いた。志万はカウンターを出て三代目に歩み寄った。

「何か？」

「裏にミッチャンが立ってるぜ」

「えっ、本当に」

志万は裏木戸を開けて出た。暗がりに紙袋を提げた美智江が立っていた。

「どうしたの、逢えなかったの？」

美智江がこくりとうなずいた。

「観音堂の前よ」

「はい、二時間立ってました」

「……あっ、そう。ともかく入って」

「す、すみません」

そう言って美智江は泣き出した。

美智江の涙を見て、志万ももらい泣きしそうになった。

「さあ、忙しいんだから……」

二人が店に入ると、小上がりから、酒が切れてるぞ、と酔客の声がした。ハ、ハーイと美智江が目元を拭いながら返答し、素早く燗《かん》をつけはじめた。

三代目が入口に立ったまま二人を見ている。

「ごめんなさい。三代目、どうぞ」

「よう、与四屋、また点数稼ぎしたそうじゃないか」

「来てたのか甲子。六区のそば屋に連れて行ったいけすかない女はどこの女だ？」

「三代目、その話は……」

志万があわてて言った。甲子が顔を背けた。

また店がひとしきり盛り上がった。

十二時を回って、客は三代目とカッチャンと義弟の三人になった。

美智江は小上がりを拭いている。汗でブラウスが背中についている。

三代目はぼんやりともの思いに耽《ふけ》っている。

「義兄さん、花火、最高でしたね」

「そうだね」

「あの花火ですが、ドーンと空に上がるでしょう。そいで空のむこうに消えて行っちゃったんですかね」

カッチャンが義弟をまじまじと見た。

「君はやはりかわってるね。あの花火はね、ドーンと空に上がるでしょう。そうしてボクの、ほらっ、ここよ。こころ、こころの中に入っていくんです」

「そいでこころに入ってどこに行くんでしょうか。どう排泄するのでしょうか」

義弟さんはかなり酔っている。志万は皿を洗いながら失笑した。

「君は浅草って街がわかってないね。この街で見た綺麗なものも醜いものも、すべて、あの川の水とともに流れて行くんですよ」

志万は手を止めてカッチャンの顔を見た。

小上がりにいた美智江も振りむいてカッチャンを見ていた。

「カッチャン、いいことを言うね」

三代目がカッチャンの盃に酒を注ぎながら言った。

「もっといいことを言えますよ。今夜の女将さんの浴衣は特別綺麗だ」

「あら、ありがとうございます。実はこの浴衣、ミッチャンとお揃いでこしらえたんですよ。ミッチャンも楽しみにしてたんですが、風邪引いたんで着られなかったんです」

美智江が裏に回り、紙袋を手に戻ってきて浴衣を皆に見せた。

「ほう、志万ちゃんが鬼灯で、ミッチャンが朝顔か、よし、明日、屋形船に乗せてやろう」

本当に？　二人は顔を見合わせて三代目の方をむいた。

カッチャンが三代目の盃に酒を注いだ。

三代目はそれをひと口飲んだ。

「うん、花火のあとの酒は、一味《ひとあじ》ちがうね」

志万は浴衣を大事そうに胸に抱いている美智江の顔を見た。

暮鐘

一月なかば、松の内が明けたばかりの夕暮れ、着物姿の艶《つや》めいた女が一人、吾妻《あづま》橋を西から東へ渡って行く。

女は橋の袂《たもと》で足を止めて隅田川を上から下へゆっくりと視線を流した。ひさしぶりに半日、街中を歩いたせいか、ほつれた鬢《びん》が川風に揺れて、その横顔は男の目を止めるほど色気があった。とても五十歳をとうに過ぎた女には見えない。

浅草の小料理屋〝志万田《しまだ》〟の女将《おかみ》、志万《しま》である。

彼女は橋を渡る時、いつもそうするように襟元を整える。どんなにおだやかな日であっても橋の上では生きもののように風が吹く。今日は年が明けてから一番おだやかな日だった。元旦から浅草界隈に吹き荒れた風が、昨夜半にぴたりと止んで、春の陽気を思わせる日曜日だ。

今朝は早くに家を出て谷中にある留次《とめじ》の墓参りに行ってきた。根岸で昼食を摂り、上野を回って、故郷、天草の菩提寺の住職に線香と菓子を送った。その折、デパートの特売りのポスターに目が止まり、つい足を向け、春物のセーターを買ってしまった。

いつもは買物はすべて浅草で済ませるのだが、桜の花を思わせるあざやかなピンクのセーターに手が伸びた。まぶしいほどの色味だった。

「私には派手かしら……」

独り言を洩らしたつもりがそばから女店員に言われた。

「そんなことはありません。お客さまにとてもお似合いです。まだお若いじゃありませんか」

その言葉をどう受け止めていいのかわからなかったが、悪い気持ちはしなかった。

包装をする女店員の指に触れる桜の花びらのようなセーターの色を見ていて、耳の奥から骨董商の甲子《きのえね》こと桜井文雄の声がよみがえった。

志万の旦那の留次の七回忌を終えた後の寺の廊下での言葉だった。

『近いうちに時間をくれないか。そろそろ返事も聞きたいが、こっちもあらためて話がある』

返事とは、甲子から一緒になってくれないかと申しこまれた話の返事である。

甲子は伊達男振る可笑《おか》しなところもあるが、留次を亡くして独り身の志万を何かと気遣ってくれた。やさしい目をしている。あの目でじっと見つめられると女ごころは少し動いてしまう……。

その甲子の目を掻《か》き消すように大きなどんぐり目があらわれた。屋形船〝与四屋〟の三代目こと白浜富雄の目だった。

まるで時期を申し合わせたように三代目が留次の七回忌の翌週の昼間、突然、店の仕込みをしている時刻にあらわれて真剣な顔で話があると言われた。これまで見たことのない三代目の表情に、美智江に仕込みをまかせて喫茶店に行った。そこでいきなりテーブルの上に両手をついて言われた。

「志万さん、嫁に来てくれ」

周囲の客が思わず二人を見た。三代目はおかまいなしにテーブルに額をつけていた。驚いたが、顔を上げた三代目の額から汗が吹き出していたのを見て、鼻の奥が急に熱くなって涙がこぼれそうになった。

「…………」

返答ができず困っていると三代目は右手を一杯にひろげて言った。

「返事は年が明けてでいい。どんな返事でもかまわねえ。この話を言おう、言おうと思って二年が経った。留次さんの法要が終ったら言おうと決めてた。手間を取らせた。じゃあな」

志万も客たちも呆気《あつけ》にとられるほど素早く三代目は喫茶店を出て行った。

いちどきに二人の、それもちゃんとした大人の男から所帯を持ってくれないかと申し出られたことを志万はしあわせに思った。二人とも亡くなった留次の中学からの後輩だから、墓の下で留次はこの冬の珍事をどう思っているのかしらと思った。

今日も谷中の墓の前で志万はつぶやいた。

——あなた、私はどうすればいいんでしょうか……。

返答がないかわりに留次の悪戯《いたずら》好きの少年のような笑顔が浮かんだ。


橋の中央まで歩いてきた時、海からの風に何か音が聞こえた。

——何かしら……。

志万は立ち止まった。

橋の上を通過する車のエンジン音にその音は掻き消されたが、車の往来が途絶えるとまた耳に届いた。志万は耳をそばだてた。

今、はっきりと聞こえた。相撲の取組が終ったことを告げる〝跳ね太鼓〟の音だった。橋みっつむこうの両国から川風に乗って聞こえてきたのだ。

志万は思わず胸元をおさえた。

胸が高鳴っている。車がそばを通っているのに耳の中には跳ね太鼓の軽やかで小気味よい音色だけがはっきりと響いている。

忘れ去ったつもりの記憶が堰《せき》を切ってあふれ出した水のように志万の身体を濡らし、揺さぶった。

志万はよろよろと橋の欄干に寄り、あやうく倒れそうな身体を支えた。

……支度部屋から上気させた顔で出てくる若くたくましかった和田雅美《わだまさみ》の大きな身体と可愛い目元がよみがえった。

二人で暮らした鳥越のちいさなアパートで、大きな身体を縮めるようにして電気ゴタツの中で漫画を読んでいた雅美の姿が思い出された。

「ねぇ、雅美ちゃんが見たいと言うとった映画が来週、上野にくるから巡業に出る前に二人で見に行こうか」

「ほんまに？　ばってん親方が巡業前にどこかに行かにゃならんから付いてこい言われてる」

「それならしかたなかとね」

「なんや自分だけ早うに朝稽古してから付いてこい言うとった。おいだけいつもきつかことを言われる」

雅美は不満そうに頰をふくらませた。

志万は水たきの鍋をコタツのテーブルの上に置くと、雅美のふくらんだ頰を指先で突いて言った。

「なんば言うとうとね。雅美ちゃんが強いお相撲取りさんになったために親方は稽古をしろと言うてなさっとでしょう。稽古をすんのは雅美ちゃんの仕事じゃなかね。早く強うなって武者《むしゃぶ》振りのよか横綱にならんといかんばい」

「おいになれっとじゃろうか？」

「雅美ちゃんがならんと誰がなっとかね。天草でも、熊本でも、九州でも雅美ちゃんより強い子はおらんかったやろが」

「そいはそうやけど、日本全国から強い者ばかりが集まっとうから田舎のようにはいかんよ」

「そんな弱気な子やったとね」

「いや弱くはなか。おいはやる」

「そうよ。さあ早く水たきを食べましょう」

湯気のむこうから嬉しそうに笑う雅美の瞳が揺れていた。

遠い日、四十数年前の出来事である。

——どうして今頃になって……。

志万は橋の欄干に手をかけて川面を眺めた。

薄闇の中を川は勢い良く流れていた。

太鼓の音色は失せ、川音だけが周囲に響いていた。

どうして今頃になって四十数年も前の冬の日のことがあんなに鮮明によみがえってきたのだろうか。

それも二人で交わした田舎訛りの会話までがはっきりと聞こえた。もう話すことさえなくてすっかり忘れていた天草の言葉が……。

志万は目眩《めまい》を覚えた。

懸命に頭を振った。

「おまえさん、大丈夫かい？」

肩を誰かが触れている気配に志万は夢から醒めたように目を見開いた。

振りむくと半纏《はんてん》を着た親方が志万の顔を覗いていた。

「姐《ねえ》さん、大丈夫かい」

「ええ、親方どうもすみません」

志万は礼を言って向島の方に歩き出した。


その夜、志万はなかなか寝付けなかった。

一度、蒲団に入ったのだが、妙に目がさえて天井の闇をじっと見つめている自分に気付いた。夜の十二時を過ぎていたのに部屋の灯りを点けて、隣りの居間の卓袱台《ちゃぶだい》の前に座った。

こんな時に寝つけの酒などを飲める体質ならいいが、志万にはそれができない。

部屋の中をゆっくり見回した。寒々しく見えるのは暖房を入れていないせいだけではないのだろう。去年の秋の終り頃から、何か独りがこころもとないような淋しい気持ちがする夜があった。

そんな気持ちを抱くことはこの家の中ではこれまで一度もなかった。

留次が初めて入院し、一ヶ月後に元気に退院してきた十六年前の春、留次は本所にある新築のこのマンションに志万を連れて行った。

部屋に入るなり留次は言った。

「どうだ？　この住《す》まいは」

「どうって、何でしょうか」

「おまえが気に入ったらここに移って欲しいんだが」

「ここにですか。こんな高級な住居は私には……、今の所で充分に満足していますから」

留次が買ってくれた千束のマンションで何不自由なく暮らしていた。

娘の志津子もその家から嫁に送り出した。近所の人たちとも長いつき合いで気ごころも知れていた。

「どうしてまたここなんでしょうか」

「同じ階の一軒先にここより狭い部屋がある。それと抱き合わせで買うということでまけさせた。俺の昔からの馴染みの工務所が建てたので造りもしっかりしている。千束は中古を買ったので何かあると危ない」

「危ないって、地震のことですか。それじゃ近所の人が可哀相じゃありませんか」

「そりゃそうだが……」

留次が苦笑した。

「あすこは昔から火事が多いし、震災の時も一軒も残らなかった。たしかにおまえが言うように近所には悪いが、俺には、……おまえの身が誰より大事だ。移っちゃくれないか」

留次が志万を睨むようにした。

その目をする時はもう話が結着している時だった。

住いを眺め直すと、たしかに千束は手狭なところもあって、その頃留次がゆっくり休めない雰囲気を感じていた。

「あなたが気に入っていらっしゃるんでしょう」

「そうだな……」

留次が物事が上手くおさまった時の癖である顔の下半分、髯《ひげ》の剃《そ》り跡を手でぞろりと撫でた。

今から考えると、留次は最初の入院をした時、自分の身体の具合いを見切っていたように思える。だから彼の我儘《わがまま》であるように言って、志万に財産を分け与えてくれたのだろう。

娘の志津子が出戻ってくることまでは想像もしていなかっただろうが、一軒先の部屋に志津子がしばらく住むことができた。

今は美智江が住んでいる。留次のすることは何から何まで先が読めているかのように周到だった。

留次とここで暮らした歳月はしあわせだった。

留次が亡くなってからも部屋のそこかしこに留次の気配が漂っていた。

甲子や三代目が、留次の前では借りてきた猫のようにおとなしかった。それでいて皆が慕ってくる。留次は人前では口数が少なく、怖く思える時もあった。

その留次が志万の前でだけ見せる少年のような無垢《むく》で純粋な姿が好きだった。

留次の手の中で志万はもう一度人生をやり直せた。女の喜びも教えてくれたし、一番肝心な人としての生き方を身をもって教えてもらった。

入退院をくり返すようになってから、留次は冗談交りに言った。

「いいか、俺が死んだら上《うわ》っ面《つら》だけは喪《も》に服していいが、周りの男をよく見てみるんだ。おまえのことを見ている男はごまんといる。そん中におまえの目にかなう相手がいたら黙って飛び込んで行くんだ。それが女の、いやおまえという女のしあわせになる」

「そんなことを冗談でもおっしゃらないで下さい」

志万が悲しそうな顔をして言うと、病室でも寝所でも手招きをして抱擁してくれた。

そんな気配がどこからも見えた部屋が、いつの間にかがらんとした空洞のように映る。

――なんて私は薄情なのかしら……。

そう思ってから留次の写真をじっと見る。

そんな夜が去年の秋から何度かあった。

部屋の隅に段ボール箱がひとつ置いてある。

中身は留次の物である。

七回忌が終った後、娘の志津子に言われた。

「母さん、家にある父さんの物は今日を限りに整理をしなきゃだめよ。いつまでも置いていたら父さんが嫌がるわよ。まだ若いんだから良い人を見つけなきゃ。必ずそうしてよ」

しばらくして、志津子から電話が入り、片付けを手伝うとまで言い出したから、片付けられるものはそうしようと段ボールに仕舞ったのだ。

いざ片付けはじめると、どれもこれも思い出があり、捨ててしまうことはとてもできそうになかった。それでも踏ん切りをつけて段ボールの中に入れた。

志津子はどんど焼きの日に焚《た》きつけてしまうのがいいと言った。あの思い切りのよさが留次に似ている。

――血はつながっていないのだけど……。

志万は立ち上がった。

水を一杯飲んで寝ようと思った。

立ち上がった志万の目に水屋の上のガラス棚の中で斜めに引っかかっている茶封筒が見えた。

何だろう？　とガラスを開き、封筒を取り出して中を覗いた。

古いおみくじ札だった。

浅草寺のおみくじ札……。小吉とある。

この札を眺めていた若かった自分と耳元でささやいた留次の声がよみがえった。

「おう、小吉か、いい札を引いたな。それっくらいが一番いいんだぜ」

留次の声を聞きながら志万は、生きて再び浅草寺に来られた喜びに泣き出してしまった。

「おいおい人が見てるぜ」

この日、三年振りに志万は浅草寺にお礼を言いにやってきた。

「おまえの命を救ってくれたのは観音さまだ。元気になったらお礼を言いに行かなくちゃな」

志万が病院に運び込まれた時も、退院し、志津子を産んでからも、留次は志万の命が助かったことが観音さまのお蔭だと言っていた。

そのお礼参りの日に引いたおみくじ札である。

――この札は一生手元から離さない――。

志万はそう決めていた。

私は、あの日から生き返ったのだ……。


雅美に捨てられて、自暴自棄になっていた志万は、死ぬ前に浅草寺を一目見ようとして境内に入り、意識が朦朧《もうろう》としたまま弁天堂で倒れていた。その志万を助けてくれたのが、大江留次だった。留次は何ひとつ事情も聞かずに志万の面倒を見てくれた。生まれてきた赤ん坊も嬉しそうに抱き上げてくれた。そして、助けられて三年もたって、男女の仲になった。留次は照れたように言った。

「俺でよかったら、おまえたちの面倒をみさせちゃくれないか」

その年の冬、志万は初めて留次と二人で浅草寺にお礼参りに出かけた。引いたおみくじ札を誉められて、志万は涙がとまらなかった……。


「ねぇ、元旦の空って、どうしてあんなに青くて澄んでるんだろうね」

カウンターのむこうからカッチャンが甲高い声で言った。

浅草の小料理屋〝志万田〟の休み明け、口開けの客はカッチャンだった。

志万は口開けの客がカッチャンだったことが嬉しかった。今年初めて顔を見せてくれた。

店を開いた当初からの馴染み客である。その頃カッチャンはまだ大学院生で他の大人の客たちから子供扱いされていた。けどそんなことをカッチャンは少しも気にするふうではなくずっと通ってきてくれて、今はもう製薬会社の研究室の副室長になっている。

毎年来ていた大晦日《おおみそか》に顔を見せなかったのにもちゃんと理由があって、奥さんが身重になったのだ。今年は奥さんの実家がある三重で正月を迎えたのだ。三人目の子供である。子供をたくさん生ませて、平気で育てようとしているカッチャンは立派な大人の男の人だ。

馴染みの客が少しずつ大人になっていくのを見ていると志万は頼もしく思える。

——店は客と歩いて行くもんだ……。

留次が言ったとおりだと思う。

カッチャンが言う言葉に、志万は、時折、はっ、と息を止めることがある。物事の見方が真っ直ぐなのだ。それでいて当人は自分のだめな所がわかっているのに上手くやれないらしい。

「ねぇ、女将さん、元旦の空って、どうしてあんなに青くて澄んでるんだろうね」

声が甲高かったのは自分に訊《き》いたからだったのだ。

「元旦の空ですか……。今年はどうでしたっけ?」

志万は美智江を見た。

「小樽は吹雪いてました」

美智江は帰省した北海道の天気を言った。

「ハッハハハ、小樽じゃなくて浅草の話でしょう」

花川戸の生命保険会社の所長が笑った。

「あっそう、ミッチャンの小樽は吹雪いてたんだ。青空じゃなかったんだ」

カッチャンが声をかけた。美智江が言った。

「でも元旦の青空は子供の時に何度も見て覚えています」

志万は美智江の横顔をちらりと見た。

以前より客と話ができるようになった。

「そうでしょう。ボクもそれを言っているんだよ。女将さん」

「そうですね。私も元旦の青空はよく覚えているわ。そうそう空が何だか気持ちがいいほど澄んでいましたね」

志万も天草で見た元旦の空を思い出した。

「ほらね。皆、そうなんだよ。元旦の空はなぜだか青くて澄んでいるんだよ」

「でも片岡先輩、統計的には元旦の空が快晴の日というのは五〇パーセントないんですよ」

製薬会社の後輩が言った。

「だから君の研究グループは今ひとつ花が咲かないんだよ。統計ばかりじゃ、可愛い子チャンは捕えられないよ。君が独身なのもそのあたりだな」

「それとこれは関係ないでしょう。だから元旦の空が青空だという記憶は、新しい年を迎えた人間の晴れ晴れとしていたい願望とつながってるんじゃないでしょうか」

「そうか、それならそれでいい感じじゃないか。人によってはやっと年が越せたぞって、さあ新しい年だ、頑張ろうってのもあるだろうしね」

「先輩、この頃、発言が年寄り臭くありませんか？」

「そうかな？　そうだとしたらこの〝志万田〟に通ううちにそうなったのかもね」

「それってどういう意味？」

保険会社の女性がカッチャンを見た。

「あっ、いいえ、変な意味じゃありません」

「何か気になるな。ねぇ、女将さん、どうしてお正月には、このクワイを食べるの」

「クワイですか。球根ですから芽がたくさん出るようにと縁起をかつぐって聞きました」

「あっそう、これって球根なの」

「芽が出る、か。今年はそうありたいね。保険会社は今、大変なんだよ、ねえ、君」

所長が部下の女性に言った。

「ねえ君、じゃなくて所長が頑張らなきゃ」

そう言われて上司が舌先を出して肩をすくめた。

「そう言えばここに来る前に三代目の所に寄ってきたんだ」

カッチャンが酒の銚子を美智江にかざしながら言った。

三代目という名前が出て志万は〝がめ煮〟を盛り付けていた手を止めた。

「三代目はお元気でした？」

「うん、ここに行くと言ったら、あとで寄ろうって言ってた。ほら、去年の花火大会の時、屋形船でお世話になったから、三重の義父《とう》さんと義母《かあ》さんが三代目に土産品を持って行けってんで届けたんだよ」

「先輩、三重の土産品って何があるんですか？」

「しぐれ煮、焼蛤《やきはまぐり》、伊勢沢庵《たくあん》」

「へぇー、盛りだくさんですね」

「田舎の人は盛りだくさんなの」

「そりゃ、三代目は喜んだでしょうね。お肉も貝もお好きだし」

「沢庵はどうなの？」

「香の物も大好物ですよ」

「女将さん、三代目の好物に詳しいのね」

保険会社の女性が言った。

「えっ、あっ、そりゃ、お客さんの好物は覚えていますよ。食べ物商売ですから」

志万があわてて言った。

ふぅ～ん、と女性が意味有り気にうなずいた。

「君ね、前から一度注意しようと思ってたんだけど、君のその詮索癖よくないよ」

「あらっ、所長が私にそれを言えるの？」

「まあまあ、お二人とも、おや、黒豆ですか……」

カッチャンが小鉢の中を覗いた。

「わあっ、やわらかくて美味しい。私、お酒にしようかしら。コンビニのおせちの黒豆って固いのよね。あらっ、これは何？　食べられるの？　お正月の羽子突《はねつ》きの羽みたい」

女性が黒豆にそえた葉っぱをつまんだ。

「つくばねって言うんです。食べることはできません」

「あっ、やっぱり羽子突きと関係あるんだ」

「そうなんでしょうね。おせちのお重なんかに入れますものね」

「これってどこかで売ってるの？」

「どうなんでしょう。これはお客さんが毎年送ってくれるんです」

「へぇ～、そんなお客がいたっけ？」

カッチャンが訊いた。

「宇都宮の親方ですよ」

「あっ、そうなんだ」

「親方のご実家の裏につくばねの木が群生してるんです。それを夏の終りに刈って紙に包んで納屋に入れとくんですって。ほら、あれがつくばねの枝ですよ」

志万が小上がりの座敷の柱に掛けてある花籠を指さした。花籠から奇妙なかたちに伸びた枝が見える。

「お茶の席なんかに活けるんですって」

「へぇー、あの親方も岩みたいな顔をして粋《いき》なことをするんだね」

「粋なのはつくばねなんでしょう」

後輩の言葉に皆が笑い出した。

店の電話が鳴った。

〝志万田でございます〟受話器を取ると、娘の志津子の声がした。

『母さん、これから行っていいかしら』

「かまわないわよ。一人？」

『うん、じゃ三十分くらいで』

志津子の声が沈んでいたように聞こえた。

「三代目かい？」

カッチャンが志万の顔を見た。

「志津子です。これから顔を出すって」

保険会社の二人が立ち上がった。

少し酔った女性の背中に所長がそっと手をそえている。所長、頑張りましょうね。不景気がなんだ、と女性が拳を上げげた。そうだ、頑張ろう、と所長も腕を上げ、二人は店を出た。

川風が吹き込んできた。かなり冷え込んでいる。

「志津子さんか……ひさしぶりだな。一昨年《おととし》の大晦日以来だな。そう言えばあの時に逢った人と一緒になったのかな」

「それがまだなんです」

「そうなんだ。もったいないな」

「ボクも独身なんですけど……」

カッチャンの後輩が言った。

「うちの娘はもう歳なんです。お客さんとはずいぶん歳が離れてます。それに気丈な子ですから」

「歳上の女の人っていいな……」

「君もうよしなさい。自分の伴侶くらい自分で見つけないと」

「先輩は恋愛結婚ですか」

「ボクは見合いです」

「何ですか、それ？」

「治験の佐伯室長の奥さんの紹介」

「奥さんって、この間、病院に見舞いに行った人ですよね」

木戸が開く音がした。

靴工場の職長だった。

「いらっしゃいませ。お珍しいですね、お一人で。皆さんは」

「うん、今夜は別だ」

どうぞ、と志万はカウンターの隅をすすめた。カッチャンが会釈した。

「一杯だけもらえばいいんだ。少し飲み足りなくてね。生《き》でいいや」

「どうぞごゆっくりして下さい」

美智江が吉乃川を注いだ。

志万は黒豆を出した。職長は小鉢を覗いた。

「黒豆か、やっと正月だな。つくばねがまだあるんだ」

職長が喉を鳴らしてグラスの酒を半分飲み干した。

「工場の皆さんもおかわりありませんか」

「うん、まあな……」

職長は口ごもった。

「やはり一人はまずいすよね、先輩」

「まだそんなことを言ってるのか」

「ほら、佐伯さんの奥さんの見舞いに鴨川の病院に行った時、同じ部屋に相撲取りの人がいたじゃありませんか。奥さん、病院の庭に出た時、あの人には見舞いの人が誰も見えないって言ってたじゃないですか」

「ああ、そうだったな」

「あの人、横綱までなった有名な力士だったんでしょう。佐伯さん、ファンだったって言ってましたよ。何と言ったかな、内掛けの名人だって言ったな、琴、琴なんだっけな」

志万はかすかに震え出した指先を割烹着《かっぽうぎ》の下に隠した。

「内掛けの名人だって？　そりゃ琴□□だろう」

靴工場の職長が言った。

「そうだ。その琴□□だ。詳しいですね」

「このあたりの男は皆相撲好きだ。ガキの頃は両国まで相撲を見に行くのが楽しみだったな……。相撲取りはそこら中に住んでたもんだ。琴□□はいい顔をした相撲取りだった。ただ気持ちがやさし過ぎるところがあったな……」

「もう一杯お注ぎしましょうか」

美智江が職長に訊いた。

「いやこれで仕舞いにしとこう。女将さん、助かったよ、いくらだい」

「よろしいんです、今日はお正月でしたから」

志万の言葉に職長が笑ってうなずいた。

「ご馳走さま」

職長が出て行くと、カッチャンが、そろそろかな、と時計を見た。

すぐに木戸が開いた。

三代目だった。

「おう、カッチャン、土産品をありがとうよ。おふくろが喜んでたぜ。あの沢庵は昔、お伊勢さんにお参りに行ったのを思い出すとよ。焼蛤は明日、船の上で喰わせてもらうよ」

「ボクの方こそ去年はありがとうございました」

三代目はカッチャンの隣りに座った。

「今、出て行ったのは靴工場の職長じゃなかったか」

三代目が訊いた。

「ええ、そうです。珍しいですよね、お一人なんて」

「知らねえのか」

「何をです？」

「あの靴工場、職人を半分首切ったんだ」

「えっ、本当ですか。それであの若い職人さんたちはどうしたんです」

「職長が再就職の世話で走り回ってるって話だ。あの社長、ひでえことをしやがる」

「そうだったんですか……」

「どうした？」

三代目が志万の顔を見た。

「少し顔が青いが風邪でも引いてるのと違うか。熱はないのか」

「いいえ、そんなことはありません」

「そう言えば少し顔色がよくないよ」

カッチャンがうなずいた。

「今夜は早くに店仕舞いをした方がいいだろう」

「大丈夫です。こう見えても身体は丈夫なんですから。店を出してから一日だって寝込んだことはないんです」

「そう言えばそうだね。この店が臨時休業になったことは一度もないものね。ご立派」

カッチャンが手を叩いた。後輩も一緒に手を叩いている。志万は笑ってちいさく頭を下げた。

足元がふらついた。

三代目が銚子をカッチャンに差し出した。

「一杯、奢らせてくれ。三人目の子供の前祝いだ」

三代目はカッチャンに注いだ銚子をそのまま後輩にむけた。

「いや恐縮です」

志万はちらりと置き時計を見た。

三十分で来ると言っていた志津子がまだあらわれない。

——何をしてるのかしら……。

志万は自分が苛立っているのがわかった。頭も少しぼんやりしていた。

急に具合いがおかしくなった理由はわかっていた。

雅美の四股名《しこな》を何年か振りに耳にしたからだ。しかもそれが〝志万田〟の中であったことが志万を動揺させた。

三代目が黒豆にそえたつくばねを指でつまんで、冷たかったな、と独り言を言った。

皆が三代目を見た。

「昔、俺の妹が羽子突きをしていて、それが川に落ちて流れ出したことがあったっけな。妹が泣き出してな。それを見ていた俺におやじが怒鳴ったっけな。何をやってんだ。拾ってやるんだってな。羽はもう流れ出してたんだ」

「それでどうしたんですか」

「飛び込んださ。元旦の隅田だぜ」

「そりゃすごい」

「ぬれねずみになって船に揚がってきたら、おやじが手を叩いて笑って言いやがった。手鉤棒《てかぎぼう》をどうして使わなかったんだ、ってな。けどそれで冬の川のことを身体で覚えた」

「いい話ですね。浅草の人たちは皆何でも知ってるんですね。さっきの人も昔の相撲取りの名前をすぐに言えたものね」

志万は胸が動悸するのがわかった。

「何の話だ?」

カッチャンが病院での話と職長とのやりとりを説明していた。志万は顔を上げることができなかった。

「勿論、ご存知ですよね。内掛け名人、琴□□は」

「いや知らねぇな」

「えっ、さっきの人は浅草の男は皆相撲が好きだ、と言ってましたよ。内掛け名人で横綱まで昇った琴□□ですよ」

「くどいな。知らねえと言ったら知らないんだ」

三代目の口調がかわった。

この店で、三代目がそんな声を出すのを聞くのはめったになかった。

「それに俺は相撲に興味はないんだ。靴屋がどう言ったかは知らねえが、相撲は両国だ。あそこは浅草とは違う」

三代目の剣幕に後輩が黙った。

「さあ行こう。三代目すみませんでした、こいつ少し酔っ払ってるんで。今夜はご馳走さまでした」

カッチャンが立ち上がって頭を下げてから、立ち上がった後輩の頭に手を当て同じようにぺこりと下げさせた。

三代目が笑った。

二人が店を出ようとすると開いた木戸のむこうから志津子の声がした。

どうしたの、もう帰るの。今夜はもう充分飲んだんで。じゃ気を付けて……。志万は目眩を覚えながら、外の会話を聞いていた。


目覚めるとカーテンのレース越しに冬の陽が差し込んでいた。

長い夢を見ていた気がした。夢の中でいろんな人と再会したように思う。

寝室の箪笥の上に立てかけた留次の写真の横に花瓶が置かれバラの花と霞草が活けてある。

——誰があそこに花を……。

隣室から物音がした。

誰がいるのかと起き上がろうとすると背中に痛みが走った。どうしたというのかしら。足音がして盆を手にした志津子が入ってきた。

「あなたどうしてここに？　いつ来たのよ」

「何を言ってるの。なにも覚えてないんでしょう」

「何のこと？」

志津子が呆れ顔で蒲団のそばに座り、昨夜の出来事を話してくれた。

「倒れたの？　私が」

志津子は黙ってうなずいた。

「風邪だって。今はそういう症状の風邪が多いんだって。お医者さんが言ってたわ。だって注射を打たれてからはまるっきり起きやしないもの。もう若くないってことよ。それに母さん、日曜日に父さんの墓参りに行ってからずいぶんといろんな所を歩いたのね」

「……………」

どうしてそんなことを志津子が知っているのだろうか。

「天草のお寺にお菓子を送ったのね。あのセーターいい色じゃない」

そうかデパートの紙袋に買物や宅配の伝票を入れておいたんだ。

「冷たい風の中をずいぶんと歩き回ったんでしょう。タクシーに乗ればよかったのに」

「それで三代目には迷惑かけなかった？」

「何を言ってるの。母さんを病院からかかえてこの部屋に上げてくれたのは三代目よ」

「本当に、恥かしいわ」

志万は両手で顔を覆った。

「何を少女みたいに。三代目の背中で寝息を立ててたわよ」

「どうしましょう」

「三代目は満更でもない顔をしてたわ」

「あの花、あなたが活けてくれたの。父さんと趣味が同じね」

「あれは甲子さんが今朝持ってきたの」

「甲子さんが……。どうして知ってるの」

「三代目から聞いたんだって」

「……そうなの。ずいぶん日が高いけど今何時かしら」

「あれは日が高いんじゃなくて傾いてるの。午後の三時よ」

「えっ、いけない。こうしてはいられ……」

志万は蒲団を出ようとしたが背中の痛みが激しくて起き上がれなかった。

「お店は大丈夫よ。美智江さんと私でやるから」

「何を言ってるの。できっこないじゃない」

「いいの。甲子さんと三代目に相談して店は休まないことにしたの。ただし料理は簡単なものしか出さないってことにしたわ」

「それじゃ商売になりはしないわ。私が何とか出ますから」

「母さん、私は店を休んだ方がいいって言ったの。けど美智江さんは、これまで休みなしで続けてきた店だから暖簾《のれん》を上げて、来たお客さんに事情を話してお酒だけでも出したいって言うの。甲子さんと三代目に相談したら、そうしたいならそうしろと言われたの。美智江さん一人じゃ無理だから私が簡単な肴は手伝うことにしたの」

志津子はいっとき〝志万田〟を手伝っていたことがあった。

「母さんが休みたいのなら今からでもそうするわ」

「………」

志万は天井をじっと眺めていた。

「わかったわ。そうして……」

志万は観念したように唇を噛んでうなずいた。

「五時半に甲子さんと三代目がここに来るわ。何か二人で母さんに話があるそうよ」

「ちょっと待って。それをあなた、いいって返答したんじゃないでしょうね」

「したわよ。いけなかった。だって誰かが母さんを看ていてくれなきゃ、起き出して店に来るでしょう」

「そうじゃなくて。私にだって準備があるもの。それに父さん以外の男の人をこの家に入れたことはないんだから」

「だから二人で来るのよ」

「お茶だって入れられやしないじゃない」

「居間の方にちゃんと準備はしておいたわ」

「あなた会社は？」

「退《や》めたわ」

「……退めたって」

「去年の暮れによ。希望退職者を募集していたから、その方が得なのよ。投資会社なんてもう持ちこたえやしないのよ」

「あの人はどうしたの。ええーと……」

志万は一度逢った男の名前を思い出そうとした。

「加瀬さんのこと？　会社がおかしくなってるの。そのくらいのことであたふたする男なのよ。本当に私は男を見る目がないわ」

昨夜、志津子が自分に逢いに来たのはそのことを伝えたかったのかもしれない。

居間で志津子が着換えをする物音がした。戻ってくると志津子は着物を着ていた。

「どう？　〝志万田〟の若女将って感じでしょうか」

志万は目を見開いて志津子を見上げた。

志津子が出て行ってから一時間余りすると、志万はどうにか起き上がれるようになった。

額に手を当てるとまだ熱っぽかった。

時計を見ると二人がやってくるまであと一時間もなかった。志万は急いで着換えると化粧をはじめた。


二人を待つ間、志万は部屋の窓から浅草の街並を眺めた。

店が休みの日、志万は留次と浅草の街をじっと眺めている時があった。

『いい風情だな……』

煙草の煙をくゆらせながら留次は言った。浅草の街を眺めている留次が好きだった。

志万は額に手を当てた。たしかに熱がある。

——どうして子供みたいに急に熱を出したのかしら……。

「母さん、日曜日にいろんなところを歩いたでしょう」

志津子の声が聞こえた。

――熱が出たのはあの跳ね太鼓のせいかもしれない。きっとそうだ。店で昏倒《こんとう》したのもあの若者が何度もあの四股名を口にしたからだ……。きっとそうだ。

すっかり忘れ去ったとばかり思っていた雅美の記憶が橋の上で聞いた太鼓の音色でよみがえった。だからと言って今さら雅美に逢いたいという気持ちはさらさらなかった。雅美への情を捨てさせてくれるだけの充分な愛情を留次から受けていた。だから浅草の鮟鱇《あんこう》鍋屋で雅美の女房に逢い、入院しているという話を聞いた時も、気持ちが動揺することはなかった。

二人の男がマンションに続く坂道を下りてくる姿が見えた。

志万は苦笑した。よくあれだけ体軀の違った男が幼馴染みとはいえ今日まで続いているものだ。二人の歩く姿を見て、志万はもう一度笑い出した。あの二人から求婚されている自分もどこか可笑しい気がしてきた。

その笑顔が消え、志万は真顔になった。まさか二人並んで、どっちを選ぶんだと言い出すんじゃないのだろうか。

志万は不安になった。

チャイムが鳴った。

志万は玄関を開け、つとめて笑顔で二人を迎えた。

「起きてて、……大丈夫なのか」

二人が同時に言って顔を見合わせ舌打ちをした。

居間に通すと甲子は部屋の中をそれとなく見回していた。三代目はソファーにじっと座ったまま目さえ動かさない。

「お茶がいいかしら、それともコーヒーか何かが……」

おかまいなく、と三代目は言い、コーヒーでもらいましょうか、と甲子は言った。甲子にコーヒーを入れ、三代目に茶を出した。

志万は三代目に昨夜の礼を言い、甲子に花の礼を言った。そうして二人に今日〝志万田〟を開けるように助言してくれたことに頭を下げた。

「さあ、それで用件は何でしょうか」

二人が顔を見合わせた。

志万はごくりと唾を飲み込んだ。甲子が手に提げてきた包みをテーブルの上に置いた。

「これは大江さんから俺たち二人が預っていたものです。時期が来たら志万さんに渡してくれと言われました。それで俺たちは七回忌の後がいいだろうと勝手に決めて、今日、持ってきたんだ」

「うちの人から……」

甲子は包みを開き出した。

中から古い桐の木箱が出てきた。木箱の紐を丁重に解き、蓋を開けると、また布包みがあらわれた。それを解くと擂鉢《すりばち》形の茶碗が出てきた。

「何なの、これは」

「茶碗です」

「それは見ればわかりますよ」

「天目茶碗です。瀬戸のもんです。俺たち二人、病院に呼ばれて、これを適当な時期に志万さんに渡してくれと大江さんに言われました」

「とても綺麗な茶碗ね。高価なものなの」

「一千万円くらいでしょうか」

志万は思わず顔を上げた。

「冗談でしょう」

「冗談を言いにここまで来ません」

「そんな高価なものをどうして私に？　どうしてこれをあなたたちに？」

「あなたが素直に受け取ってくれないと大江さんは思われたんでしょう。それにあの時は遺産相続でいろいろあったと聞いていましたから、そこらあたりのこともあったんでしょう」

たしかに留次が亡くなった時、本妻の弁護士がやってきて遺産相続の放棄をしてくれるように申し出られた。志万はふたつ返事でそれを承諾した。留次にはマンション、〝志万田〟をはじめ充分にしてもらっていた。

「これは税金もかからないもんです。だから骨董商の私に預けられたんでしょう。だが俺一人じゃ信用がおけなかったんで白浜と二人に託したんでしょう」

志万はじっとテーブルの上の茶碗を眺めていた。

狐につままれたような話である。

「少し厄介ね……」

志万が言うと二人が顔を上げた。

「厄介と言うと……」

「今の暮らしで私は充分に足りているのよ。あの人らしくもないわ。私が受け取らなかったら？」

「俺たちが、困ります」

二人が口を揃えて言った。

「しばらく二人でこのまま預っておいて下さらないかしら」

「いつまでですか」

「早いうちに返事をするわ。今日は持って帰って下さい」

志万はそう言って咳込んだ。

「わかりました」

二人が出て行くと、志万はまた浅草の街を眺めた。もうすっかり日は暮れ街灯りに空がさまざまな色に揺れていた。

志万は思い立ったように簞笥の中から古い手帳を出し、電話をかけた。


志万は病院の庭が見渡せる丘の上に一人佇んでいた。

海潮音が間断なく鳴り続けていた。初めて耳にする房総の波の音は故郷の天草とは違って悠然としていた。

生まれ故郷と同じような海のそばで最期を迎えられるのなら、雅美もこころが安まるかもしれない。

やがて病院の左端にある病棟から車椅子に乗った大きな男が小柄な女に押されながら庭に出てきた。二人のそばを少女が一人跳ねるようにスキップしながら付いてきた。

——あれが娘なのか……。

少女が男に何かを話しかけると男は身をかがめるようにして少女の頭を撫でながら二度、三度とうなずいていた。

ほどなく車椅子が噴水を上げている池のほとりに止まると、押していた女が風に髪を束ねるようにして男のかたわらで少女を抱きかかえた。むずがる少女を女は男の方にむけ何やら語らっていた。

三人は静かに噴水を眺めていた。

やがて右端の建物から背の高い瘦せた男とがっしりとした中背の男が三人にむかって歩いて行った。

今日の午後、二人の男が面会に行くことを親子は知っていたから、彼等が近づいてくるとそちらをむいて丁寧に頭を下げた。

二人の男は車椅子の男に歩み寄り握手をした。車椅子の男はぼんやりと二人の男を見上げ、彼等の話にうなずいていた。

志万はそれをじっと眺めていた。


あの日、甲子と三代目が留次から預った茶道具を持ってきた時、志万は自分がそれを受け取るのをためらった。

留次がそんなことをするとは思ってもみなかった。

二人が引き揚げてから、志万は留次の古い友人で相撲茶屋を経営していた男に電話を入れ雅美のことを詳しく教えて欲しいと頼んだ。本場所中だったので男とは三日後の夜、駒形の料理屋で逢った。

相手は苦い顔をして、雅美が今どうしているかを教えてくれた。雅美の妻である先代の親方の娘はすでに雅美を放り出していた。癌を患っていた雅美は協会にも長い休養届を出し、病院を転々としていた。雅美は現役の時から女癖が悪かったようで、親方になってからも女将の目を盗んで遊んでいたという。病気がわかってからは部屋の力士も見舞いに来ることがなかった。そんな時、雅美の子供を産んだ女があらわれた。雅美の親方株を女将は部屋住みの元力士に与えた。雅美は放り出された。雅美の世話を女児を産んだ女がするようになった。女将は元力士と懇《ねんご》ろになっているという。

「どちらもどちらでしょう。この世界ではよくあることです。相撲取りは相撲のことしか知りません。社会のことなどわかるはずがないんです」

男が最後に言い残した言葉が切なかった。

志万は、雅美の面倒をみている、その女と子供に何かをしてやりたかった。茶碗ひとつで女の健気に力を与えてやれるならそれが一番いいのではと思った。甲子と三代目には何ひとつ事情を打ち明けなかったが、二人は志万がそうしたいのならそれでかまわないと言ってくれた。

三人で房総半島を電車に揺られている時も皆黙りこくったままだった……。

甲子と三代目が車椅子に乗った雅美と握手し、雅美が膝に額がつくほど頭を下げた姿を見て、志万はちいさくうなずいた。甲子と三代目に女が深々と礼をし、少女が笑って手を振っていた。池のほとりの三人は甲子と三代目の姿が見えなくなるまで見送っていた。

甲子と三代目の姿が消えると三人はすぐに包みを開き、中身を覗いた。雅美も女も戸惑ったように中身を見ていたが、やがてそれを大事そうに仕舞うと、女は車椅子を押して病棟にむかった。途中、少女が両手を空に上げて何かを追うような仕草をした。蝶々か何かを見つけたのだろう。

三人が空を仰いでいた。女が雅美の髪を撫でるようにしてパジャマの襟元を直してやった。雅美の手がそっと女の背中に触れていた。

——もしかしてあの女は、私だったかもしれない……。

そう思った時、志万の目から大粒の涙があふれ出した。


メトロの浅草駅の階段を上ると、すでに空は昏《く》れはじめようとしていた。

「志万さん、どこかで食事をして行こうか」

甲子が言った。

「そうだな。腹が空いたな」

三代目が訊いた。

「そうね。ご馳走するわ」

「そういうわけには……」

二人が口を揃えて言い、苦笑いをした。

三人して観音通りを歩き出した。

「もう日が長くなったわね、あら、あんなに空が茜《あかね》色に染まってるわ」

志万が立ち止まって西の空を見上げた。

甲子も三代目もあざやかな朱色がひろがる浅草の空を仰いだ。

その時、浅草寺の鐘が静かに響いてきた。鐘の音は余韻を残しながら浅草界隈をゆっくりと夕暮れにつつんでいった。

無言詣り

目の前のスクリーンに向日葵《ひまわり》の花があふれている。

主人公の女優が頬に伝う涙を拭《ぬぐ》いながら向日葵畑の中を歩いている。

カメラが少しずつ離れて行き、丘の斜面に咲くおびただしい数の花を映し出す……。

隣りに座る美智江の鼻をすする音がする。

映画の後半から、美智江は泣きどおしである。彼女は大きな身体を揺らして泣く。

土曜日とはいえ午前中の上映なので客は少ないからいいが、これが満杯ならそばに座った客はさぞ驚いたろう。

——やはりこの子はこころねがやさしいのだ……。

志万《しま》は名画座で十数年振りに見たこの作品で、初めて気が付いたことがあった。

映画の後半、戦地に行って戻らぬ夫を何年も待ち続け年老いた主人公の女優の白髪まじりのメイクは記憶していたが、彼女の手にも年老いた女性特有の手皺《てじわ》と染《し》みがこしらえてあった。

夫と暮らしていた若いロシアの村の娘を見た後、主人公は泣きくずれ、さまよい歩く。主人公は若く美しい娘を思い出しそっと自分の手を眺めた。その手にあきらかに加齢の形跡があった。

この映画を見るのは、これでもう四回目か、五回目となる。なのに今までそのシーンに特別、目がむいたことはなかった。そんなことに気付くのは、自分が歳を取ったせいなのだろうか、と志万は思った。

「おまえの肌はやはり若いや。志万、おまえは親に感謝をしなくちゃな……」

志万を抱擁したあとさきに留次《とめじ》は志万の裸体を見て、そうもらすことがあった。

留次と出逢った二十歳の頃には留次はそんなことを口にしなかった。志万が四十歳を過ぎた頃から、夜伽《よとぎ》の折に言われた。そんな言葉を耳にすると恥かしさもあったが、それ以上に嬉しかった。自分の身体のことを好いた男が喜んでくれている。それが何よりも嬉しかった。

少女の頃は南国の漁師町で育ったせいか、日に焼けた上に顔はソバカスだらけだった。それが浅草に来て、少しずつ肌が白く透きとおるようになった。元々、肌に張りがあったのか四十歳を過ぎても、触れた水の滴《しずく》を弾《はじ》きかえす肌をしていた。

「女は四十歳《しじゆう》を過ぎてからだ。その年頃で身とこころが痩せちまっていてはだめだ。物事にいちいちこだわらねえのがいい。ぎすぎすしてちゃあだめだ。苦労が顔に出る。のんびりしてるくらいの方がいい」

若い頃は留次にそう言われると、自分の気遣いの足りなさを遠回しに言われている気がした。でもこの頃、留次の言葉の意味がよくわかる。

気付いた時には留次はそばにいなくなっていた。自分に本当につくしてくれた人の気持ちがわかった時には、その人はこの世にいない。それが世間の常である。


スクリーンに流れていたテロップが終っても美智江は鼻先にハンカチを当てたまま泣いていた。館内が明るくなりはじめて美智江は志万の顔を見た。

「す、すみません」

「かまわないわ。さっ、行こうか」

志万が立ち上がると美智江も立ち上がった。

映画館を出ると、七月の熱い陽射しが二人に降り注いだ。六区の新道が陽光を撥《は》ね返し白く光っていた。

場外馬券売場の脇を抜けようとすると、朝から競馬に興じる男たちが大勢たむろしていた。酔っ払っている者もいた。このあたりには週末、ウインズに集まる客を狙って朝から店を開ける一杯飲み屋や食堂が何軒かあった。

美智江が男たちから目を逸らすように早足で歩いた。

西参道に入ると美智江の歩調がもどった。

「どうしたの?」

「す、すみません。私、ギャンブルをする人が怖くて……。札幌の頃を思い出したくないんです」

美智江の言葉に志万は来た道を振りむき、群がる男たちの姿を見た。

「私もギャンブルに夢中になる人は好かないわ。そうね。気が立っているから、たしかにやさしそうには見えないわね」

それでも志万は昔、一度だけ馬券を買ったことがあった。留次の知り合いが馬主になり、その馬がダービーに出走した。家に帰ってきた留次が替え上着のポケットに競馬新聞を入れていた。

「どうしたんですか? 競馬をなさるんですか?」

「いや昔からのポン友が馬主になってな。そいつの馬がダービーに出走する。仲間とご祝儀で馬券を買ってやろうってことになってな」

志万は競馬新聞を手にした。

「へぇー、そうなんですか。この赤い印がつけてある馬ですか」

「出走するだけでもたいしたもんらしい」

「それはよろしかったですね。私も買ってみようかしら」

留次を見ると、じっと志万の顔を見つめていた。

「志万、おまえ、博奕《ばくち》をやったことがあるのか」

「いいえ」

留次は怖い目をしていたが、志万が笑ってこたえると、そうか、と穏やかな目になり、

「それじゃ買ってやろう。二百円よこしな」

と手を出した。

日曜日の午後、留次から馬券を渡され自宅のテレビで二人してレースを見た。

レースが終っても志万には留次の友人の馬が勝ったのか負けたのかわからなかった。

「ハッハハハ、どん尻じゃねぇか」

留次は腹をかかえて笑った。

「けど一度は先頭に立ったしな。それに何より無事に走ったんだ。あいつも喜んでるだろう」

「この馬券、記念に仕舞っときます」

「そんなものをか……」

留次は言ってから志万の顔を見直した。

「いいか。博奕は遊びだ。遊びってもんはうっかりすると人を引っ張り込んでしまう沼みてえなとこがある。その紙切れを仕舞っとくなら一緒によく覚えておきな」

そう言って留次は手を志万の前に出した。

「てのひらってもんはどうして内がやわらかくて甲がこうささくれているか、わかるか。内は家と同じだ。甲は外のことだ。世間と考えてもいい。雨風に晒されてきたからささくれたんだ。遊びは手の甲の、外のことだ。決して内に遊びを入れちゃなんねえ。てのひらの傷は痛えし、みっともねえもんだ。博奕はそれくらい怖いもんだ」

留次は指で何かを包むようにした手を卓袱台《ちゃぶだい》の上に置いた。

志万はそれを見ていて、この手の内側に自分と留次がいるんだと思った。志万はいかにも年季の入った留次の手をいとおしいと思った。

志万はそっと手を伸ばし、染みの増えた留次の手を包んで、丸まった留次の指の間に小指を差し込んだ。その指を留次が握りしめた。


奥山おまいりまちにある蕎麦屋で昼食を摂った。

志万は身体が火照っていた。

暑気のせいではない。

先刻、昔のことを思い出し、自分の小指を握り返した留次のてのひらの感触がよみがえったからだ。

この頃、ふとした折に留次の笑顔や汗に滲んだ顔が思い出され、ごつごつした指の固さや筋肉質だった肌合いがよみがえる。

身体の芯が熱くなる。

さすがに店の中では、そんなことはないが、家に一人でいる時に、そうなる。窓を開けて川風に当たったり、冷たい水で顔を洗う。

自分でも、いい歳をして淫慾のようで恥かしい。

「俺が死んだら、さっさといい男を見つけて暮らすんだ」

留次は入院してから何度もその言葉を口にした。

死ぬ間際まで言っていた。それを何度か聞くうちに志万は、留次は自分が他の男と暮らすのが気がかりなのだと思った。しかし今は、留次は本気でそう望んでいた気がする。

「女将《おかみ》さん、蕎麦がのびてしまいますよ」

美智江の声に志万は手にしたまま動かずにいる手元の箸を見た。

「何か心配事ですか」

「えっ？　いや、そうじゃないの。ごめんなさいね」

志万は少し硬くなった蕎麦を急いで食べると、勘定してもらって店を出た。

志万は腕時計を見た。

「あら、こんな時間になってるわ。店の支度が遅れてしまうわ。ミッチャン、あなた鬼灯《ほおずき》を適当に見てきてくれる」

「花は私、苦手なんで、私が先に支度をはじめておきます」

「……そう、じゃすぐに追いかけるわ」

志万は言って浅草寺の境内に小走りにむかった。

表通りから風鈴売りの掛け声が聞こえている。

尾を引くような声のあとに売り子が担いだ風鈴がかすかに音を立てる。

耳の底に音色が心地良く転がっていく。

今はもう浅草界隈でしか聞くことができない夏の音色である。

志万は音色が駒形の方に遠ざかるのを聞きながら揚げ油の中の小鯵《こあじ》を返していく。揚がった順に南蛮漬けの出し汁にひたす。タマネギとニンジンの千切りと合わせる。

裏から足音がして美智江が天豆《そらまめ》の茹で加減を聞いてきた。皮の色味を見て、志万は笑ってうなずいた。

上手いものである。一度教えたものを忘れることがない。料理が好きなのだろう。

「ミッチャンの天豆も美味《うま》いね」

常連客のカッチャンが言った際、志万は少し驚いた。志万と美智江は顔を見合わせた。

「カッチャン、どうしてわかるんですか?」

「そりゃ、女将さんの天豆をずっと食べてるんだもの。ミッチャンとは味が違う」

美智江が心配そうに訊《き》いた。

「天豆、何かありましたか」

「いや、美味いだけで何もないよ。これで充分です」

カッチャンが天豆を頬張りながら言った。

美智江がちいさく頭を下げた。

「ありがとうございます」

カッチャンは不思議なところがある。

甲子《きのえね》と三代目の二人とも気が合う。個性の強い二人だから、甲子と仲の良い客と三代目と合う客に自然と分れる。

最初は子供扱いされていたカッチャンがいつの間にか客の中で一目置かれるようになっている。志万もカッチャンの一言で、時々、考えさせられる時がある。

「君は浅草って街がわかってないね。この街で見た綺麗なものも醜いものも、すべて、あの川の水とともに流れて行くんですよ」

あれは花火の夜に聞いた言葉だ。

いつの間にか大人になったと思っていたら、この頃は志万が学ぶことが多くなった。

今春、会社の研究室の室長になったという。

――やはり仕事を懸命にやっているのだ。

「人間って同じことをくり返しているようで実は少しずつ前に進んでるんじゃありませんかね」

或る晩、船頭の見習いに、人は地道に生きなくてはいけないと説いていた三代目は、カッチャンのその言葉を聞いて、

「そうだよ。俺はそれを言いたかったのさ」

と嬉しそうにうなずいた。

その三代目と志万は先月の中旬、二人して日光に日帰り旅行に出かけた。

三代目の以前からの願いだった。

「東照大権現さまは俺の家の守り神さまだ。その大権現さまのお山をぜひ志万さんに見せたいんだ」

もう六年越しの頼みである。

志万がそれを承知したのは、その旅で三代目からの、所帯を持ちたいという申し出を断わろうと思ったからだった。

去年の秋、留次の七回忌が終ってほどなく、三代目からあらためて結婚を申しこまれた。

「俺は、志万さん、不謹慎な話だが、留次兄さんの葬儀の時に打ちひしがれていた志万さんを見て、この人のためなら何だってしてようと決めたんだ。俺は生涯、志万さんを守りとおしてみせる。俺と一緒になってくれ」

向島の喫茶店でスーツを着てネクタイをした三代目が汗だくになって気持ちを伝えてきた。

志万はすぐに断わることができなかった。

その後、店に来ても、返事の催促をするわけではない。

断わらなかったのは他にも理由があった。

志万は三代目のことが好きだった。

甲子のことがなければ黙って申し出を受けることができたかもしれない。

留次と暮らすようになって、最初に紹介されたのが三代目だった。

留次の前にかしこまる三代目は、留次が何を話しても、ハイッ、ハイッと大声で返答するだけで人の好さがそのまま顔や態度に出ていた。

「これの祖父さんは隅田川を上に漕ぎ出して坂東太郎に入っても、下って江戸前に乗り出しても一番の船頭だった。どんなに時化《しけ》っても一代目が乗っていれば船底で高鼾《たかいびき》でいられたもんだ。これにはその一代目の血が流れている。欠点は女の前で顔が赤くなるくらいのもんだ」

留次が言うと、みるみる三代目の顔が赤く染まった。

志万もその時、三代目の顔を見て驚いた。こんなに人の顔が赤くなるのを見たのは初めてだった。すぐに顔から汗が吹き出し、志万はあわてて手拭いを取りに行った。

春夏秋冬、三代目は必ず時候の挨拶に留次の好きな甘味を持ってやってきた。

引っ越しや家具の入れ替えなど力仕事がある時も手伝いに来てくれた。

堤の桜が咲く春、花火の夏、川風が心地良い秋……、少女の志津子を川遊びに連れて行ってくれた。

「あいつに良縁があるといいんだが……」

三代目が引き揚げた後、留次は三代目の所帯のことを気にしていた。

いつしか志万までが、三代目の良縁を願うようになっていた。

「うちの人が三代目のお嫁さんのことを心配してましたよ」

その頃、志万がそう言うだけで三代目は顔を赤らめた。

留次以外の人で浅草で唯一こころを許せる存在だった。留次が亡くなった時も病院で気丈に頑張って涙をこらえていたが、三代目の口惜しそうな泣き顔を目にすると、志万は三代目の胸で泣き崩れた。

昨年の秋、その三代目から一緒になって欲しいとあらためて言われた時は、正直びっくりした。ただ相手が真剣だとわかって、志万の方が緊張してしまった。

三代目には留次とひどく似ているところがあった。まるまる似ているわけではない。だが三代目を見たり、話しているのを聞いていると、留次と三代目にしかないものを感じる。顔付きとか所作ではない。上手く言えないが男の人の香りのようなものかもしれない。何をしていても漂ってくる香りが留次のそれと似ていた。

——私は三代目が好きなのかもしれない。いや、きっと好きなんだと思う。

一緒になってくれと言われた夜、志万は寝所に入ってから三代目の真剣な顔を思い起こし、自分が興奮しているのに気付いた。驚きもあったが、嬉しかった。そんな自分を知って、女ごころというものが奇妙に思えた。

口開けの客は保険屋の所長と女子事務員だった。

「いや暑いね。不景気だっていうのにお天道様だけは大出血サービスだ。ミッチャン、生ビール」

所長が言うと連れの女性が指を二本立てた。

「ほう、突き出しが天豆に鱲子《からすみ》とは、この不況でもここだけは贅沢だね」

「贅沢じゃなくて親切でしょう。春から〝志万田《しまだ》〟は料金を安くしてくれてるのよ」

女子事務員が言った。

さすがに女性客はわかっている。去年の暮れから百年に一度という不況だと世間が騒ぎはじめた。志万は年が明けてから店の値段を下げた。苦しい時は相身互いである。

「肴は何があるのかな」

志万は品書きを差し出した。

「女将さんの字はいつも綺麗だね。きんぴら、インゲンのゴマ和え、じゅんさい」

「あら所長、草食系になりましたか。ずいぶんとかわりましたね」

「君、土曜日出勤をさせられ、しかも二十年振りに営業で外回りをしたんだよ。食も細くなりますよ」

「こういう時はしっかり肉系を食べないと。私は鱧《はも》に鴨ロース、それにポテトサラダ」

二人が乾杯していると、木戸が開いて珍しい客が入ってきた。

「あら親方、おひさしぶりです」

志万の顔から笑みがこぼれた。

宇都宮の親方である。

「今日、こちらにみえたんですか」

「いや二日前だ。やっと解放された」

親方の顔は赤銅色に日焼けしていた。

「よく日焼けされて元気そうですね」

「仕事の日焼けならいいが、孫に引っ張られて浦安の陽射しにもろに当たった」

「浦安ですか？　ああディズニーランド」

「そうだ。女房《ばあさん》は疲れて倒れてしまうありさまだ」

「でもお元気そうで何よりです」

「そっちもかわりはないかね」

「ええ、皆元気にしています」

志万が美智江の方を見た。

「おう、美智江さんと言ったな。よく頑張ってるじゃないか。熱いのを一本つけてくれ」

志万は燗酒を親方の前に出しながら礼を言った。

「今年も衝羽根《つくばね》をありがとうございました」

「こちらこそ丁重なものを頂いて」

志万が酌をした盃を親方は一気に飲み干した。

「うん、美味い。浦安からの電車の中でずっとここの酒を考えていたよ。歳を取るとどうも酒と喰い意地が張ってしまう」

「よろしいじゃありませんか。電車の中でもうちのことを思って下さってたなんて嬉しい限りですわ」

志万は親方がこうして店を忘れずに来てくれることが嬉しかった。

「もう一年になるか」

酒を運んで行った美智江が店に来て声をかけてくれている。

――そうか、美智江に来て一年になろうとしているのか。

志万は一夜干しの鰈《かれい》に包丁を入れながら、初めて美智江を病院のベッドで見た時のことを思い返していた。精気を失い、疲れ切った女がベッドに横たわっていた。

――生きてさえいればなんとかなるのだ。

その蒼白の顔に、今日、映画館で身体を揺らして泣いていた美智江の横顔が重なった。

木戸が勢い良く開いて、靴工場の若い職人たちが入ってきた。

「あら休日出勤なの？」

「そうなんだよ。変なものこしらえさせられてさ」

オイオイ、妙な話をすんなって……、いいじゃねぇか。……社長に言われたろう……、奥の小上がりで何やら言い合っている。

美智江が注文を聞きに行った。

楽しそうに話をしている。

そうなんだよ、信じられないだろう。えっ、徹夜になるんですか。そうだよ、まったくたまんねぇな。でもこのご時世、いいことじゃないですか、そりゃそうだ。ハッハハハ。

美智江の笑い声もする。

――ミッチャンは商売をする方が案外むいているかもしれない。

客が大方引けた夜の十時を過ぎて木戸が開いた。

志万は洗い物をしながら背中で、その音を聞いた。

——三代目かしら……。

『おう、遅くに悪いな……』という三代目の口癖が聞こえなかった。

「いらっしゃいませ」

振りむくと甲子が立っていた。

「まだ大丈夫かい」

「ええ、お一人ですか」

志万が甲子をそんな言葉で迎えるのは初めてだった。

「……」

甲子は返事をせず、ちいさくうなずいた。

いつものカウンターの一番奥に座った。

甲子が店に来たのは一ヶ月半振りだった。


三代目と日光に出かける一ヶ月前、志万は甲子との話に決着をつけねばならなかった。

三代目と違って甲子は色恋の経験がたっぷりあった。

どう話を切り出してよいものかと思いあぐねていたら、むこうの方から話のきっかけがやってきた。

三社祭の二日目の夜だった。

今年は二年振りに神輿《みこし》が出るというので、軸が抜けたような去年の祭りと違って浅草中の空気が、元の三社祭の、あの興奮につつまれていた。

三社祭の土曜日は店には常連客しか来ない。

珍しく祭りの初日と、二日目の夕刻早くに甲子が店にやってきた。

祭りの宵に、甲子が店に来るのも初めてだったが、二日続けて顔を出すのも珍しかった。

三社祭の間、毎年、甲子は浅草を離れていた。いつからそうするようになったのかは知らないが、甲子が皆と行動する姿を志万は見かけたことがなかった。

「あの野郎はかわってんだ。いつからあんなふうになったのかは俺にも少しもわからないが、人とつるむのを嫌がる気質《たち》なんだ。浅草で生まれ育った人間が三社祭を見ないって言うんだから、そりゃ尋常じゃねぇ」

三代目が呆れたように話していたことがあった。

「恰好をつけてやがんだよ」

三代目は憎々しげに言ってから話を足した。

「けど不義理をする男じゃねぇんだ。奉賛会の町会長や長老には前もってちゃんと挨拶をしに回るし、町神輿、子供神輿、芸妓《げいぎ》さんたちにも先にご祝儀を届けて、浅草を出るんだ。そりゃあ、あいつだって浅草の人間だからな。礼儀はわきまえているさ。うん」

普段は仲が悪く見える三代目と甲子だが、いざとなると互いのことを認め合っている。

留次はそこがわかっていて二人に〝志万田〟のことをいろいろ頼んだのだろう。

去年の秋、留次の七回忌が終った後、留次の正妻の長男から、志万に連絡が入った。

電話のむこうで相手が名前を告げた時、志万はたじろいだ。

『生前はいろいろ父がお世話になりましてありがとうございました……』

その挨拶で話がはじまり、用件は志万に留次の骨を分骨したいという旨だった。

「よろしいんですか」

『はい。実は父が亡くなる前に母には内緒で私の方に、もしあなたが分骨を望むようならそうしてやってくれと言っておりましたから』

「それでお母さんも納得していらっしゃるんですか」

『実は、母はもう私の顔さえわからない状態でして……』

「そうですか……」

骨は留次の菩提寺がある谷中の寺に行き、住持から分けてもらった。

甲子と三代目、志津子が一緒に行った。相手方は誰も立ち会わなかった。気を遣ってくれたのだろう。

「それで、そちらのお寺さんはどこにあるかね。こっちも台帳につけておくんでね」

住持が鷹揚《おうよう》な言い方で訊いた。

「はあ？」

志万が相手の言葉の意味がすぐにはわからず住持の顔をまじまじと見ていると、背後から三代目が言った。

「千束の××寺でございます」

「ほう、それは結構な菩提寺さんで……」

ちいさな骨壺を受け取り、謝礼を払って寺を出た。

「よく咄嗟《とっさ》に寺の名前が出たもんだな」

帰りの道で甲子が三代目に言った。

「俺の家の菩提寺だ。あの坊主、事情がわかって聞いてきたんだろう。俺たちを舐めやがって」

三代目が吐き捨てるように言った。

志万は三代目に礼を言った。

写真立てだけがあった祭壇に骨壺を置いてみると、骨であるのだが留次が自分の下に帰ってきてくれた気がした。

あらためて留次の長男に礼が言いたかった。手紙を書くにしても、まずはあの住持が言ったように墓をこしらえなくてはいけない。いざ探してみると浅草にはあんなに寺がありながら墓所の空いてるところがなかった。ようやく見つかると目の玉が飛び出しそうな値段だった。三代目が方々当《あちこち》たってくれたがなかなか見合うものがなかった。

見つけてくれたのはカッチャンだった。彼の大学の同期生の実家が小岩の寺で、同期生の弟が住職をしているという。安い値段で墓所を分けてもらった。海が見えるいい場所だった。

納骨は墓ができた年明けの二月にできた。

そのことで志万は休日は追われていたから、甲子とも三代目ともゆっくり話すことはできなかった。

三代目は納骨が終ってから、一度二人で食事をしてくれればいいと言ってきたが、甲子は違っていた。

週に一度、休日の朝に花が届いた。

バラの花である。

同じことを留次がしてくれたことがあった。花が留次の求婚の意志だった。甲子がそのことを知っているはずはなかった。

週に一度、それも上等な花が銀座の花屋から届く。見れば安いものではないのはわかる。志万は甲子に連絡を入れて、花はもう結構ですからと断わったが、

「それで俺の気持ちがおさまるんだ。我慢してくれないか」

そう言われて、それ以上強く言えなかった。

甲子は、我慢と言ったが、志万は別に我慢はしていない。バラの花は自分が一番好きな花だし、花の風情も、香りもそばにあるだけで安堵を覚える。甲子のバラは特別美しかった。時折、種類の違ったバラも届いた。

志万はバラとともに箱の中に花屋が入れた説明書を読むのが楽しみだった。

志万は甲子のバラのために新しい花器をふたつ買った。少し割高の花入れだが、生けてみると、これが品良くおさまった。

遊びに来た志津子がバラを見て言った。

「あら綺麗なバラね。この花瓶によく合うわね。誰からいただいたの、こんな上等なバラを」

志万は志津子に依頼主を明かさなかった。

バラを眺めている時、甲子のことを考えることがあった。

留次の七回忌が終ったら、志万に所帯を持たないかと申し出てきたのは甲子が先だった。それを聞いたのかどうかはわからないが、数日後に三代目からも「一緒に居てやってもいいよ」と言われた。

〝志万田〟の場所《はこ》も抱えの大工も暖簾《のれん》も花器もすべて甲子が面倒を見てくれた。留次の指示があったのはわかっているが、甲子は自分の店を開店させるかのように丁寧にことをはこんでくれた。打ち合わせに立ち会ってくれた甲子が、時折、志万を見つめる目にドキッとさせられることが

あった。

勿論、留次がいるのだから、おかしなことは想像もしないが、女が放っておかない魅力が甲子にあった。女でなければわからない男の匂いのようなものだった。

志万はその頃、どうして甲子が独り身なのか不思議に思ったが、それ以上は考えたことはなかった。

留次が一度、甲子と三代目の話をしたことがあった。

「あいつらは二人でよく悪さをしやがった。ガキのくせにやることは大胆でな。俺の荷を積んだ船で夜中に宴会をやりやがってあやうく荷を燃やすとこだった。そん時はさすがに俺もきつく叱った。二人とも何発、殴ってもへっちゃらな顔をしてやがった」

留次はその時のことを思い出して笑っていた。

「二人ともいい歳ですのにどうしてお嫁さんをもらわれないんでしょうね」

「そうだな。三代目《やかたぶね》も甲子《こつとう》もなかなか往生しないな」

「あら、結婚は往生なんですか」

留次が首をすくめて舌先を出した。

バラの花が届いた四月の中旬、甲子は志万を旅行に誘った。

「栃木にいい温泉があるんだが一緒に行ってくれないか」

甲子はそういうことを唐突に言い出す。

これまですべて笑いながら断わっていたが、その時は妙に断わり辛かった。すると電車の切符が送られてきた。切符を見ていたら、二人で旅に行ける立場ではないと思い直し、忙しいのでと送り返した。

それで甲子は恨み言を言うわけではなかった。

「スケジュールが合わないで残念だった。次の機会にしよう」

志万が旅に同行するのをもう当り前のように話す。それでいて嫌味はない。

――行っていたらどうなってたかしら……。

そう思わせてしまう。

旅を断わった翌週、二人して銀座で食事をした。

甲子が連れて行ってくれた店は歌舞伎座に近いビルの中にあるレストランだった。

「店の名は〝バル〟となってるだろう。これはスペインの居酒屋というか一杯飲み屋の意味だ。スペイン人は食事の前にこのバルに立ち寄って一杯やる。昔、日本にもあった立ち飲みの店みたいなものだ。そこでひと口で食べられるちいさなツマミがある。タパスと言うんだ。これがいろんな種類があって美味いんだ。〝志万田〟の突き出しの参考になればと思ってね」

甲子が言うようにテーブルに十種類以上のちいさな料理が出てきた。

どれも可愛く、口に入れると美味しかった。

「それは白ワインが合う。こっちはシャンペンかな。それはカタルーニャの地酒がいい」

厨房から店の主人が出てきて、食材と調理法を教えてくれた。

志万はそれをメモした。楽しかった。

気が付くとすすめられた何種類かの酒に酔っていた。トイレに行き顔を冷やしたが、頭が少しのぼせていた。

二軒目のバーで甲子に手を握られていた。

指先が痺れていた。目を閉じると身体が揺れているのがわかった。甲子にしなだれかかっているのかどうかもはっきりしなかった。

遠くで甲子の声がした。

「どこかで少し休もう……」

——いけない。そんなことをしちゃいけない。

頭の奥でそう言い聞かせるのだが、すぐに意識が朦朧《もうろう》とした……。

あの夜、夜半から大雨が降り出していなければ、志万は甲子に身体をあずけていたろう。

乗車したタクシーがスリップした車と事故を起こし、甲子は事故の目撃者として運転手に証言を求められた。放っておくわけにはいかなかったのだろう。


店の中には沈黙がひろがり、美智江も察して奥で片付けをしていた。

「あいつのことだが……」

ようやく甲子が口を開いた。

「あいつって、どなたのことですか」

志万が冷たく言った。

「祭りの夜にここに来た女のことだ」

「女じゃなくて、小染《こそめ》さんでしょう」

「……」

甲子は返答しなかった。

「あいつとは、あれが半玉の時代の、尻が青かった頃から知っているんだ。俺もあいつの気持ちが……」

「甲子さん、ここはお店なんです。酒の上での思い出話をなさるんならかまいませんが、女の人、一人の大事な話をなさるところじゃありません。それに人のことを、あいつだ、あれだ、って、甲子さんらしくありません」

志万は声を荒らげていた。それにどうして自分の目がうるんでしまったのかわからなかった。甲子にこんなふうに話したのも初めてなら、〝志万田〟で声を上げたのも初めてだった。

甲子が立ち上がった。

「遅くに悪かったな……」

志万は顔を伏せたまま、ありがとうございました、と言ったが、ただ唇が震えているだけだった。

志万は着物の袂《たもと》から手拭いを出し、目尻をおさえた。

「あれ、どうしたの。もうお仕舞い？」

カッチャンが立っていた。

「どうも甲子さん、ひさしぶりですね」

甲子は何も言わずに店を出た。

「お仕舞いなら、また来るわ」

「いいんです。もうお料理は残りものしかないけど……」

「その残りものを狙ってきたんだ。いや、もう腹が減っちゃって……」

カッチャンがおどけたように言った。

「じゃ今すぐに見つくろって何かお出ししますから、ちょっと裏で材料を見てきますから……」

——なんで泣いてしまったのかしら……。

志万は空を見上げ、川風を襟元に入れるようにして顔を冷やした。

甲子の顔をひさしぶりに見て、甲子の口から小染の話が出た途端、頭の中が、カッとなった。

気が付いた時は声を上げていた。

雨の夜明け方、傘で顔を隠し、黙々と吾妻橋を渡って行く芸妓の凛《りん》とした姿がよみがえった。

――声を上げた分だけ自分は小染に負けたのだ……。

と志万は思った。

志万は下唇を嚙み、軒に下げておいた鰈を一枚取って店の中に戻った。

カッチャンはビールを飲んでいた。

天豆と鱲子は美智江が出してくれていた。

「カッチャン、最後に鰈の一夜干しとお味噌汁でいいかしら」

「はい充分です」

「その前に面白いものを出すわ」

「えっ、何ですか。面白いものって。笑い声を上げる鮎とか」

美智江が笑った。

志万は冷蔵庫の奥から食パンを出し、仕込みをしておいた食材を入れた容器を出した。

「おや、いろんなものがありますね」

カッチャンがカウンターの中を覗いた。

「砂肝に、アンチョビに、その黄色いのは何？」

「見ないで下さい。すぐにできますから、その時のお楽しみにして下さい」

「わかりました。ワン」

志万は食パンをちいさく真四角に切った。

肉ダンゴをみっつと砂肝を三切れ、アンチョビに……。

「甲子さん、ひさしぶりだね。三社祭の夕刻以来かな……」

カッチャンが言った。

——そりゃ、ひさしぶりでしょう。そうかカッチャンは三社祭のあの夜は早目に引き揚げたんだ……。あんなところをカッチャンに見られなくてよかった。


三社祭の二日目の夜、女が店に来たのは、そろそろ暖簾を仕舞おうかという時刻だった。客はもう途切れていた。

乱暴な木戸の開け方で一見《いちげん》の客だとわかった。祭りの夜は食事をする場所にあぶれた一見の客がやってくる。やんわりと断わるのだが、家族連れだったり年老いたカップルだったりすると、つい入れてやりたくなる。

芸妓だった。

美しい面立ちの女性で黒蜜のような眸《ひとみ》が、女の気丈さをうかがわせた。

志万は女をどこかで見た気がしたが、知り合いに芸妓はいなかったし、そういう席にもこれまで行ったことはなかった。

「もう店仕舞いなんですか」

「ええ、ぼちぼちですが、お一人ですか」

「そう、一人なの。祭りの夜っていうのに淋しいわよね。一杯だけ飲ませてもらっていいかしら」

女は酔っていた。

「どうぞ」

女は店の中の様子を見ていた。

「綺麗なお店ね」

「ありがとうございます。お酒は何にしましょうか」

「冷やをちょうだい。グラスでいいわ」

志万が置いてある日本酒の銘柄を言ったが、女は小上がりやカウンターを見ていた。

「あの日本酒なんですが……」

「だから何でもいいわ、日本酒なら。それとレモンを櫛《くし》に切って頂戴」

女は少し気が立っているようだった。

年齢は娘の志津子と同じ歳だろうか、声の調子や肌の張りを見ると、もっと若いかもわからない。芸妓の化粧は年齢を不詳にさせるところがあるのだろう。

美智江が銚子とグラスを運んで行くと、女は指先で器用に銚子をつまみ、グラスに一気に酒を注いだ。グラスの大きさと銚子の感じで酒がグラスに丁度一杯分ということがわかっている。

女はグラスを口元に運ぶと、天を仰ぐようにして半分飲み干した。気持ちの良い飲みっ振りである。

女振りのいい芸妓だと思った。

「私、向島の芸妓で、小染っていいます」

「〝志万田〟です。よろしくお願いいたします」

志万は頭を下げた。

「志万さんよね。大江留次さんの連れ合いの方でしたよね」

女の口から留次の名前が出たので志万は思わず相手を見返した。

「はあ、以前、どちらかでお逢いしましたでしょうか」

「ええ、去年の夏、六区の蕎麦屋で」

——蕎麦屋で？

志万には覚えがなかった。

「そうでしたか。それは失礼しました」

「私は覚えているけど、あなたは私を覚えてはいないと思うわ。だってすっぴんで洋服でいたから……。甲子さんと一緒だったの」

——あっ、あの時の女性……。

「思い出しました。甲子さんとご一緒にいらした方ですね。それは失礼しました」

「あら、覚えてくれてました。嬉しいわ。あの時、甲子さんは急に不機嫌になっちゃったけど……」

女は鼻先に皺《しわ》を寄せて、嫌なことを思い出したように唇を曲げた。

「私、あなたに一言だけ言っておきたいことがあって来たの」

「はあ……」

女は黒い眸を志万の方に真っ直ぐむけた。

「私、甲子さんに惚れています。それも一年や二年のことじゃありません。この仕事をはじめた、見習いの時からです。甲子さんがあなたのことを好いているのも知ってます。けど私は負けません。甲子さんは……」

そこまで言って、女は言葉を止めた。

そうして帯に右手を当てて息をひとつ吸い込んだ。

「……甲子さんは私の命です。私、命懸けであの人に惚れています」

「……」

志万は返答ができなかった。

「じゃ、ご馳走さま。お勘定して下さい」

「小染さんとおっしゃいましたっけ」

志万が訊いた。

「はい。ちいさいの小に染五郎の染で〝小染〟です」

「小染さん、私と甲子さんのことで何か勘違いをなさってます。甲子さんはうちの人の後輩で何かとお世話になっているだけで、あなたが思っているようなことはいっさいありませんから」

「じゃ、今夜、甲子さんはこの店にあらわれなかったの？」

「見えましたけど早くにお帰りになりました」

「あの人は温泉に行ったのよ。あなたも明日、追いかけるんじゃなくて」

志万の顔色がかわった。

ちらりと美智江を見た。

「そう甲子さんがあなたにおっしゃったんですか」

「温泉町への切符が二枚あったのを……」

女は口ごもりながら言った。

その時、志万は相手がひどく若いことに気付いた。

「それは私じゃありません。それとあなたがこんなふうになさるのは甲子さんにとって決していいことじゃありませんよ」

「わかってるわ。だからそんなふうに言わないで。私はともかく負けません。ねぇ、お勘定」

「いりません」

「いやよ。あなたにご馳走になんかならないわ」

「ご馳走するんじゃありません。そんな話をしに来た人の酒代を貰うのが嫌なんです」

「払います」

「いりません」

「お勘定して」

「いりません」

志万も小染も譲らなかった……。


「ほう、こりゃ美味いね」

カッチャンが肉ダンゴを口にして言った。

隣りに座った美智江も、肉ダンゴを頬張りながら目を丸くしてうなずいた。

カッチャンは次にアンチョビを口にした。うーん、とうなずいた。砂肝は少し甘く煮込んだ。

「これもいけるよ。やっぱり料理の上手い人は和食だけじゃなくて何をこしらえても上手いんだね」

「あら、これがどこの料理か、カッチャン知ってるんですか」

「スペイン料理。タパスでしょう。バルと呼ばれる居酒屋に並んでる。バスク地方が特に美味い」

志万は感心したようにカッチャンの顔を見た。

「へェ〜、スゴイねぇ。カッチャン」

「スゴクなんかないの。バルセロナに我社《うち》と提携している薬品会社があって、そこで半年、海外勤務してたから」

「あっ、そうだったわね」

「スペイン人の夜の食事って、はじまるのが遅くてね。夜の九時を過ぎて食事がはじまるんだ。それまで彼等はバルを何軒か回ってこれを食べながら、食前酒をやるんだ。ボクはそれだけでお腹が一杯になったけど。でもどうしてタパスを作ろうと思ったわけ。スペイン料理店にでも行ったの」

「えっ。いいえ、違うの。テレビの料理番組で見たの」

カッチャンにそう言われて、志万は自分が甲子にこの料理を食べさせたいと思っていたのを思い出した。

なのに甲子の顔を見た途端、頭に血が昇ってタパスのことさえ忘れていた。

「鬼灯だね。もうそんな時期か、明日でも浅草寺に行ってくるかな。賑やかだった?」

「ええ、今年は浅草寺の御本堂が工事中なんで例年よりは店は少ないと言ってました。それでも百八十軒って」

「朝顔市が終れば鬼灯市か……。いいね、花が季節を教えてくれるなんて」

志万はカウンターに頬杖ついて、鬼灯を眺めているカッチャンの顔を見た。

――本当だわ。この街は花が季節を教えてくれる街よね。

「私の生まれ育った村では、盆会《ぼんえ》の仏壇にこの鬼灯を飾るんですよ」

「へぇー、そうなの」

「ええ、ほら提灯《ちょうちん》みたいなかたちをしてるでしょう。盆会が終ったら、この鬼灯を母からもらって、ゆっくりと指で実をやわらかくして、中を空っぽにして笛をこしらえたんです」

「知ってる、知ってる」

「私は知りませんでした」

「北海道じゃやらないのかな」

「そんなに田舎みたいに言わないで下さい」

「ハッハハ、それは失敬。さあ、ぼちぼち引き揚げよう。ごあいそう」

美智江が勘定書を見せると、カッチャンは、

「どうしたの、この値段？」

と美智江に訊いた。

「いいんです。タパスは私の勉強でこしらえたものですから。美味しいって誉めて下さったので充分です」

「うーん、それでなくとも〝志万田〟は今年から値段を下げてくれてるしな。ボクは昇進したんですよ」

「それはこの次たっぷりいただきます」

「そっちの方が怖いな」

カッチャンの言葉に三人が笑い出した。


外に暖簾を下ろしに出た志万はかすかに風鈴の音に似た音色を聞いた気がした。

耳をそばだてるとかすかに転がるような音がする。昼間の風鈴売りから買ったものがどこかの家の軒か、窓辺に吊してあるのかもしれない。

夜になって風が出てきた。

明日はひさしぶりに雨かもしれない。

川風に水の匂いがした。匂いを感じると耳の底に隅田川の水音が聞こえてくる。

志万は暖簾を手に川の方角を見た。

いくつかの橋が並ぶ川の水景が浮かんだ。川面は雨に煙っていた。

その橋を一人の女が傘で顔を隠すようにして渡っている姿があらわれた。

あれは三社祭が終って数日後のことだった。

志万はその日、夜明け方に目が覚めてしまい、蒸し暑さに窓を開け、川風を入れようとした。

すると表通りから女の話し声がした。しわがれた年配の女の声だった。

何事かと窓から顔を出すと、マンション前の道端に軽四輪トラックが停車して、その車のそばに三人の女が立っていた。年老いた女がトラックの荷台から何かを取り出し、二人の女にすすめている。野菜のようだった。

時計を見ると、朝四時半である。こんな時刻に野菜を売りにくる人がいるのかと思った。窓を閉じようとすると、今朝、掘ってきたばかりの自然薯《じねんじょう》だよ、そこらの山芋とは違うから、としわがれた声がした。

志万は自然薯と聞き、寝間着を着換えて階下に降りた。

立派な自然薯だった。浅草のスーパーではいいものが手に入らなかった。他の野菜もしっかりしていた。思わぬ幸運だと志万はビニール袋ふたつにたっぷり野菜を仕入れた。

聞けば夫婦で茨城から車を運転してきたという。老婆は昔、向島で働いていたらしい。前もって料亭や、昔の馴染みに連絡してこの界隈に野菜を売りにくるという。こんなにたくさん買ってくれたのは大家族なのかと訊かれた。浅草で小店をやっていると答えると、連絡先を教えて貰えれば売りに来る日を電話すると言った。そこまでのことはないと思い、老婆が来る日を聞いておいた。

トラックが発進して釣り銭を財布に仕舞おうとして二千円と小銭の釣り銭が一枚は五千円札だった。

「ちょっと、すみません。ちょっと自然薯の人……」

これじゃ儲けどころか赤字になるだろうと志万はトラックを追いかけた。吾妻《あづま》橋の袂の信号でトラックは停車した。声を出し、手を振りながら追いかけると、ようやく相手が気付いた。

「お釣りを間違えてるわ。ほら五千円札が入ってる」

「あらいやだ。耄碌《もうろく》しちまって。親切にすみませんね」

老婆と二人で立っていた時、吾妻橋の方から浴衣の女が一人うつむいたまま早足で坂を下りてきた。

小染だった。

志万はあわてて下をむいた。むこうはこちらに目もむけずに一目散に向島の方に去って行った。

——こんな早朝に浴衣姿で何をしてるんだろう。

しかも手には何も持っていなかった。いや両手に何かを握っていた気がした。

老婆も小染のうしろ姿を目で追っていた。

「今の人、お知り合い」

「いや知りませんよ。私が向島に働いていたのはもう何十年も前だもの。いや、いまどきあんなことをするけなげな芸者さんがいるんだなって感心してたの」

「あの人、何をしてたんですか」

「無言詣《まい》りですよ」

「無言詣り？　それは何でしょうか」

「ああ、素人衆は知らないだろうね。無言詣りっていうのは芸者が客に惚れて、その人が自分のことを好いてくれるように願掛けをするんです。ああして夜中から橋をいくつも歩いて祈るんです。その間、誰とも口をきいてはいけないんです。口をきけばそこでご利益は消えてしまうから。だから誰もいない夜中に歩くんです」

——そんな話があるの……。

「いや、けなげな芸者さんだね。いいものを見させてもらったわ。あの妓の願いがかなうといいわね」

そう言って老婆は手を合わせた。

「それって毎日するんですか」

「たしか十日か、二十日だと思ったけど……。じゃお客さん、またよろしく」

トラックが立ち去ると小染の姿が消えた向島の通りに人影はなかった。

うつむき加減に歩いていた小染の横顔がよみがえった。

翌晩、志万は夜半に起きてマンションの屋上に出た。

小雨が降っていた。

——まさか、こんな日まで……。

それでも志万は屋上に立ち続けた。一時間過ぎて空が白みはじめた頃、から傘を半開きにした女が一人駒形の方から吾妻橋にむかってくる姿が見えた。

――小染だ。彼女に違いない。

志万の立つ屋上からは、その姿は豆粒のようにしか見えないが、こんな夜明け方に橋を浴衣姿で渡る女はいない。

橋の中央に来ると手にした傘が揺れているのがわかった。川風にあおられているのだろう。

つい数日前、酔って店にあらわれ、彼女が言った言葉は本当だったのだと思った。

『私、命懸けで惚れてるんです』

志万は小染の姿を見ていて胸の奥が熱くなった。

「女将さん、どうしたんですか」

美智江が店から出てきた。

「今さ、風鈴の音が聞こえた気がしてね」

「風鈴ですか。ああ、そう言えば昼間、表を風鈴売りが通りましたよね」

美智江も耳のうしろに手を当てた。

二人はじっと立っていた。

「あっ、聞こえた」

美智江が微笑んだ。

「でしょう。どこかの家の軒で揺れてるのかしらね」

「ああ、なんだかいいですね」

美智江が空を見上げた。

「明日は雨ですかね。洗濯物が乾かないな」

「コインランドリーの乾燥機を使わないの」

「他の人の洗濯物を乾かしたあとっていうのが。それにコインランドリーって怖くて」

——私と同じだ。

「さあ、帰りましょう。ねえ、今日は歩いて帰らない」

「いいですよ。私も近いのにタクシーはもったいないなと時々思うんです。夜中は別ですけど」

店を閉めて二人は雷門通りを左に折れて吾妻橋にむかった。

その時、初めて美智江と二人して橋を渡ろうとしていることに気付いた。

志万は美智江が白鬚橋《しらひげばし》から身を投げたことを気遣って、これまでそれを避けていた。しかし美智江はそんなことを忘れているかのように鬼灯の鉢の入ったビニール袋を揺らしながら先に橋を渡りはじめた。

志万は胸を撫でおろした。

橋の中央にさしかかると川風が志万の着物の裾を揺らした。前を歩く美智江の髪が流れている。

志万は橋の中央で立ち止まった。

美智江も志万の隣りに立っていた。

「今日の映画の主人公の女性、あんなに待ち続けていて悲しかったでしょうね。向日葵があんなに綺麗だったから、その中を悲しい人が歩いていると余計に悲しく見えるもんなんですね」

志万は美智江の声を聞きながら川下を見た。駒形橋、厩橋《うまやばし》、蔵前橋……、蛇行する川を橋は両岸をつなぎとめるように黒い影となって並んでいた。

こうして眺めていると、橋が玩具のように見える。でもいろんな人がいろんな思いを抱いて渡ってきたのだろう。

耳の中で声が響いた。留次の声だった。

『いいか、俺が死んだら新しい男《ひと》を見つけてさっさと一緒になるんだぞ』

「ミッチャン」

「何ですか、女将さん」

「私たち、また恋をしようね」

「えっ、……私……」

美智江は口ごもった。

「生きているんだから誰かを好きにならなきゃ。片思いでもいいじゃない」

志万は美智江を見上げた。

美智江の目がうるんでいた。大粒の涙がひとすじ頬を伝わると、美智江はそれを指で拭ってから白い歯を見せて笑った。

弁天の鼠

志万《しま》は吾妻《あづま》橋を東から西に渡り、橋の中央に着くと立ち止まって川面《かわも》を眺めた。

上流から運搬船が桜橋をくぐり言問《こととい》橋にむかって滑るように進んでくる。さらに上流の白鬚《しらひげ》橋は見えないが、両岸の家並は晴天の空の下にはっきりと浮かんでいる。

志万はゆっくりと振りむき、目を下流にむけた。

駒形橋、厩《うまや》橋、蔵前橋、両国橋が連なっている。その先で隅田川は左方に蛇行し、江戸前の東京湾にむかって行く。日本橋、向島、月島の高層ビルが天を突くように聳《そび》えている。上野の方角にも、この頃、高いビルが立ち並んだ。

ポンポンとエンジン音を立てながら、運搬船が上流にむかってくる。その背後から屋形船が一《いっ》艘《そう》白波を蹴立ててやってくる。音もなく運搬船に近づき追い抜こうとしている。機関室に正月の注連《しめ》飾《かざ》りが見える。

乗客の人影が水上を流れて行く。

まだ昼前だというのにすでに遊覧の帰りなのだろう。正月から松の内は屋形船は稼ぎ時である。それに今日の浅草は人出が半端ではない。

浅草寺で奉納出初式《でぞめしき》がある。

火消し衆の梯子《はしご》乗り、木遣《きや》り唄を愉しみに大勢の見物人がくり出してくる。

屋形船が近づいてくる。

三代目の顔が浮かんだ。

――俺と一緒になってくれ……。

留次《とめじ》が亡くなってから六年目の秋、そう言われて一年以上が経った。

三代目の申し出を断わるつもりで出かけた日光の旅先で、三代目は志万が、その気持ちになるまで待ちたいと言った。

――きちんと断わるのが礼儀だ。

と、そのタイミングを見ていたが、夏の終わりに三代目の妹さんが病気で亡くなった。二代目の後妻さんが産んだ妹さんだったので三代目と彼女はふた回りも歳が違っていた。

志万も何度か妹さんに逢ったことがあった。色白で、おとなしい清楚な女性だった。嫁いで五年で旦那さんに先立たれ、嫁ぎ先にいたのだが体調を崩して子供二人を連れて水戸から浅草に帰ってきていた。

生前、妹さんは二代目に可愛がられ、その二代目は亡くなる間際まで、三代目に妹さんのことを頼んだぞと言い続けたらしい。

親に言われずとも、こころねのやさしい三代目は妹さんを大切にしていた。

だから通夜、葬儀の時の三代目の落ち込みようは弔問客の誰もが声をかけられぬほどだった。

志万も見ていて涙が零《こぼ》れた。

しばらくは〝志万田《しまだ》〟にも顔を見せなかった。

そのこともあり、志万は三代目の申し出をはっきりと断わる機会を逸していた。

それでも酉《とり》の市《いち》の頃には三代目は店に顔を出してくれるようになった。

屋形船が橋の真下をくぐった。

――折をみて言わなきゃいけない。そうでないと失礼になる……。

志万は胸の中でそうつぶやいてから、ふと空を仰いだ。

雲ひとつない青空がひろがっていた。

昨夜半、吹き続けていた風のせいか、目にまぶしいほどの空色である。

――綺麗な空だこと……。

今年、こうして空を見上げて声を出したのは二度目である。

一度目は元日の朝だった。

元日の朝は薄曇りであった。それでも志万は空を見上げ、美しいと思った。

と言うのは、去年の年の瀬、店の中でカッチャンが冬の空のことで面白い話をした。

店にいたのはカッチャンが連れてきた二人の部下と、保険会社の所長の石岡と事務員の幸江に靴工場のベテラン職人だった。

その日の昼間、六区の場外馬券売場の近くでヤクザが撃たれるという物騒な事件があり、志万も美智江も客が早く引けるようなら時間前に店仕舞《みせじま》いをしようと話していた。

ところが店はいつになく賑わって、珍しく保険会社の二人も長くいてくれた。

何よりカッチャンがひさしぶりに顔を出してくれたのが志万には嬉しかった。

カッチャンもよく飲んだ夜で、年始に故郷に車で戻る話をし、二人の部下が帰省しないのを聞いて、それはよくないと諭《さと》していた。

「正月はやはり実家に帰らなくちゃいけませんよ」

「けど実家に帰るとオヤジが何やかやと仕事や暮らしのことを訊《き》いてきてうるさいんですよ」

「そりゃ、当り前じゃん。親は子供のことが心配なんだから」

「それが鬱陶《うっとう》しいんっすよ」

「そりゃ、ボクだって同じだよ。けどむこうは心配して言ってるだけだからね」

「だから必要以上に心配されても困るし……」

「いいんだよ。心配はどっちみちするのが親なんだから」

「じゃ室長は小言を言われても平気なんですか」

「平気じゃないけど、そこは我慢ですよ」

「やっぱり我慢してるんじゃないっすか」

「大事なことは我慢することじゃなくて、両親に、祖父《じい》さん、祖母《ばあ》さんに顔を見せに行くことなの。祖父母なんか孫の顔を見たら、今でもお年玉くれるし、曾孫《ひまご》にいたってはもう宝物扱いです」

「もしかして室長、お年玉が目当てで帰省してるんっすか」

「ハッハハ、君ね、この不況でもボクは室長だよ。給与だっていいんだから」

「それは室長は特別っすから」

部下が口を尖《とが》らして言った。

「へえー、片岡君って特別なんだ?」

カウンターの角向かいで飲んでいた所長が訊いた。

「そんなことありません。なわけないでしょう」

カッチャンが首を横に振った。

「お客さん、嘘っすよ。室長は新薬開発で会社から特別給与になってるんす」

「こらこら会社の内情を外で話してどうするの？」

「あらほんとなんだ？　製薬会社っていいな。私も生命保険会社なんかに就職するんじゃなかったわ」

所長の隣りで少し酔った幸江がうらやましそうに言った。

「そういう言い方はないでしょう。私も一生懸命やってるんですから」

所長が言った。

「そいでボーナス三〇パーセントカット？」

「その話はやめましょう」

「ボーナスの話になると、上司はこれだ。ねえ、片岡君、田舎どこだっけ？」

「ボクは山梨の韮崎《にらさき》です」

「ああサッカーの中田のとこね」

「他にいい人はたくさんいます。ボク、ああいう優雅を演じてる人、苦手なんです」

志万はカッチャンの顔をちらりと見た。

「私も今年は田舎に帰ろうかな。父さんがたまには帰れって言ってたから」

「なら帰るべきです。顔を見せればそれでいいんです」

「片岡君って親孝行なのね」

「そうじゃありません。帰れば親はそれだけで安心なんです」

「やっぱり親孝行なんじゃない。親の安心だけのために帰省するなんて」

「うーん、どう説明したらいいのかな。ほら最近の若者の犯罪あるでしょう。犯人も被害者もほとんど実家に帰ってないんです。秋葉原の無差別殺人も、同じマンションの住人を殺害した人も

「……」

「そうなの？」

「はい。親が顔を一目見てれば子供の様子がおかしいのに気付いたと思うんですよね」

「……」

カッチャンの話に皆が急に黙った。

「そのとおりだね」

カウンターの隅で独りで飲んでいた靴工場の職人さんが言った。

木戸が開いて、三代目が入ってきた。

カッチャンは三代目と顔を見合わせ、今晩は、と挨拶《あいさつ》した。

「よう、ひさしぶりだな」

三代目はカウンターに座り、冷えてきたな、と志万にむかって指を一本立てた。

それを見て美智江が熱燗《あつかん》の支度をはじめた。

「肴《さかな》は何だろう」

「寒鰤《かんぶり》があります」

志万が応えると三代目がうなずいた。

「あちこち警官がうろうろしてるな」

三代目の言葉に、皆が表の方に目をやった。

「六区でヤクザが撃たれたんですってね」

幸江が眉間にシワを寄せて言った。

「××組の幹部だ。車の中にいたのを二人組に襲われたらしい」

「抗争でもあったんですか」

所長が訊いた。

「うん、浅草は大丈夫だと思っていたが、△△会が関西の勢力と盃《さかずき》を交わしてから騒々しくなった」

志万はどちらの組の名前も聞き覚えがあった。

亡くなった留次は港湾荷役という仕事柄、その世界の人間とつき合いがあった。留次は志万の前でいっさい仕事の話はしなかったが、それでも時折、留次と二人で浅草の町中を歩いていると、むこうから丁寧に挨拶してきた。彼等の風態から、素人ではないのは志万にもわかった。

その中で徳三という留次と同じ歳くらいの男のことはよく覚えていた。留次もその男に逢うと嬉しそうに話していた。

『あれはガキの時分からの知り合いだ。浜岡の徳三と言って、××組の親分になった』

『怖そうな人ですね』

徳三は小柄な留次とは対照的な巨漢で、二人が話をしていると留次が押し倒されそうに見えた。

『ハッハハ、ああ見えて無類のお人好しだ。たしかに喧嘩は強いが、根はやさしい男だ』

留次は徳三を怖がった志万を面白そうに笑っていた。
△△会は名前だけは知っていたが、〝志万田〟を開店する時に甲子《きのえね》に連れられて事務所に挨拶に行った。
「この店は留次さんの店ということはむこうもわかっているから、みかじめ料を払うとかオシボリを仕入れることはない。ただ志万さんの顔だけは覚えておいてもらわないといけないから、そのための挨拶です」

親分は不在で、母親である女将《おかみ》さんが出てきて愛想よく応対してくれた。

「せいぜい気張りなさいまし。何かあったらいつでもおっしゃって下さいな」

そう言われて志万は黙って頭を下げた。

留次の葬儀の時、甲子と三代目に連れられて行った式場の隅に、ふたつの組から大きな花が届いていていたのを覚えている。

そのふたつの組が、去年の春先から揉め事を起こしたとの噂を耳にしたが、志万には埒外《らちがい》のことだった。


志万は橋を渡ると足早に雷門通りを右に折れ、観音通り、メトロ通りを歩いた。浅草寺にむかう人の群れで通りはいつもより活気がある。

待ち合わせた喫茶店の前に美智江が立っていた。

大柄な美智江の姿は遠目でも彼女とすぐにわかる。一昨年の初夏、浅草にやってきた時のことを考えると、美智江は別人のように明るくなった。

志万は自分が浅草という町に救われたように、美智江もまた新しい彼女の人生をこの町で歩んでくれていればいいと願っている。

それでも時折、何かの拍子に美智江が暗い表情をしているのを目にする。死のうとまで決心した美智江の過去だから、そう易々と何もかも拭《ぬぐ》い捨てることなどできないのだろう。

この一年半、何人かの客が美智江に気のある素振りを見せたが、美智江はそれを知ってか知らずか、いっこうに色好い話が出ない。

「私たち恋をしようね」

二人してそう誓い合って川景色を眺めたのは半年前のことだ。

――私のそばで、〝志万田〟で働いていることが美智江を縁遠くしているのかもしれない……。

志万は、この頃そう思うことがある。

志万は美智江に声をかけようとして立ち止まった。美智江が嬉しそうに笑っている。携帯電話をかけていた。

美智江は自分を待って、そこに立っているのだとばかり思っていた。

――あらっ？

志万が初めて見る笑顔である。

美智江が志万に気付いた。あわてて何事かを告げて電話を切った。

「どうしたの？　店は一杯なの」

「そうじゃなくて早くに着いたら、立って待ってる人まで出てきてしまって……」

志万が店の中を覗《のぞ》くと客がぎっしり入っていた。

「じゃ早いうちに浅草寺に入ろうか。近くで見物したほうがいいものね」

「はい」

美智江がいつになくはっきりした声で返答した。

歩きはじめると仲見世通りの方から木遣り唄の声が聞こえた。

声に耳をかたむけた志万は空を見上げた。

「本当に、今日はいい天気ね」

「そうですね。私、今日の空を見ていて、カッチャンの話を思い出してしまいました」

「あら、そうなの。私も同じ」

「女将さんもですか。でもあの話って良かったですよね」

二人して空を見上げた。

カッチャンは、あの夜、元旦の空の話をした。

「ねぇ、ここにいる人に訊きたいんだけど、子供の頃の元旦の空って、どんなだったか覚えてます？」

志万も思わずそうした。

急にカッチャンがそう言ったので皆がカッチャンの顔を見た。

「ボクの場合は、子供の頃に見た元旦の空って、晴天でさ。しかも青く澄みわたったってるんだよね」

「あっ、私もそうよ」

幸江が言った。

「俺も、そう言えばそうだな……」

所長がうなずいた。

職人もうなずいている。

志万は天草の元旦の、あの真っ青な浜の空を思い出した。

——私もそうだわ……。

美智江を見ると、そうですね、と言って笑った。

「ほら、そうでしょう。十人のうちの八、九人が、子供の頃に見た元旦の空は青く澄んだ晴天の空なんですよ。ヘッハヘヘ」

カッチャンが悪戯《いたずら》した子供のように笑った。

「ねぇ、どうしてなの？」

幸江が訊いた。

「それはね……」

カッチャンが面白い話をはじめた……。

「では最初は〝一本遠見《いっぽんどおみ》〟でございます。これが梯子乗りの始まりと言われています」

青空にむかって天を突くように延びた梯子の上で、火消し装束の若衆が見事な梯子乗りを披露していた。

マイクを手にした案内人が型を説明し、梯子の最上段で若衆が巧みに身体を動かし、そのかたちを決める度に歓声と拍手が湧いた。

「次は〝中段技〟、そして〝藤下《ふじさ》がり〟でございます……」

技が少しずつあざやかになってくると、見物人から、ワッと悲鳴に似た声が洩れ、そうして型が決まると大きな拍手が起こった。

志万の目には青空に火消しの若衆が浮かんでいるように映った。

耳の奥から声がした。

『おい、いちいち目をつぶってちゃ見えやしないぞ』

留次の声だった。

毎年、志万は留次と奉納出初式を見物に行くのが愉しみだった。

留次は正月は麻布の家で過ごすのが慣わしだったから、志万にとって留次との正月は、この出初式だった。

雅美《まさみ》を追いかけ、家を捨てて上京した志万の正月はそれまでいつも一人正月だった。

それは留次に出逢ってからも同じだったが、この出初式の日が自分の正月なのだと決めると淋しさもやわらいだ。

だから青空の中の火消し衆の姿は志万にとって正月の情景そのものだった。

『ありゃ〝鉄砲溜《てつぽうだ》め〟と言ってな、あれから〝背亀《せがめ》〟に入るんだ。おっ〝藤下がり〟に行ったか』

留次は梯子乗りに詳しかった。

『あの梯子に登られたことはあるんですか』

志万は留次に一度そう訊いたことがある。

『ああ、ガキの頃に肝試しにな。フッフフ』

留次が何かを思い出したように笑った。

『どうなさったんですか。急に笑ったりして?』

『ものの見事に落ちたんだ』

留次が笑って言った。

『えっ、梯子からですか』

『そうよ。梯子からな。あんなに高くはなかったがな』

『それで大丈夫だったんですか?』

志万は驚いて留次の顔を見た。

すると留次は帽子のうしろの、後頭部を指先で叩いた。

『えっ、あの傷ですか』

留次が恥かしそうにうなずいた。

留次の後頭部、百会《ひゃくえ》の旋毛《つむじ》の中に傷跡があった。二人して風呂に入り、留次の身体を洗う時、志万はその傷に気付いた。それまで何の傷だろうかと思っていたが、まさか子供時分の悪戯の跡だとは知らなかった。

恥かしそうに笑った留次の顔がよみがえった。

志万は出初式の見物が好きだった。

梯子乗りが好きだったのではない。

それは留次がいつになく志万の手を強く握っていてくれるからだった。見物人が皆、上方を夢中で見ているから、二人が手を握りしめていても気付く人はいなかった。初めて人前で留次が自分の手を強く握ってくれた時、志万は嬉しさと興奮で身体中が火が点いたように熱くなった。以来、出初式の見物は志万の密かな喜びになった。

「女将さん」

美智江の声に志万は夢から覚めたように目をしばたたかせた。

人混みが移動しはじめていた。

奉納の木遣り唄が境内に響いていた。

帰りに予約しておいた店に入り、釜飯を食べはじめた。

食事の途中で、けたたましいサイレンの音が聞こえた。すぐ近くである。

――何かあったのかしら……。

サイレンの音は一台ではなかった。

次から次にサイレンの音が続いた。

「火事じゃないだろうね。こんな日に」

店の女が声を上げ、表に出た。

客も皆、異様なサイレンの音に箸を持つ手を止めて外を窺《うかが》っていた。

店の女が戻ってきて言った。

「火事じゃないわ。警察のパトカーよ。えらい数の警官が集まって、馬道通りと伝法院通りを通行禁止にしてるわ」

店の主人が表に出た。

ほどなく戻ってきて言った。

「弁天山で何かあったらしい。警官の数もそうだが、△△会の連中が泡食った顔で走り回ってるぜ」

「またドンパチをはじめたか」

客の一人が言った。

「美智江ちゃん、早いところ食べて帰りましょう」

志万が美智江に言った。

美智江も不安そうな顔でうなずいた。

食事を済ませて勘定をしている時、男が一人血相をかえて入ってきて主人に告げた。

「△△会の親分が殺《や》られたらしい」

「えっ、親分が撃たれたのか」

主人が訊いた。

「撃たれたんじゃなくて刺されたらしい」

「いまどきにか」

「ああ、弁天堂の前だそうだ」

「こんな日にえらい鼠が飛び込んできたものだ」

「まったくだ。殺った奴も撃たれて、傷ついたまま逃亡してるらしいぜ。こりゃ大騒ぎになるぞ……」

二人は急いで店を出た。


あんなに晴れていた空が先刻から雨になった。底冷えのするような寒風が川沿いに吹きはじめ、雨は霙《みぞれ》にかわった。

あれから美智江の手を引くように釜飯屋を出ると、店に駆け込んできた男衆が話していたとおり、大勢の警官が馬道通りに出て、往来する車を止めて検問していた。

裏路地を抜けようとすると、どちらの組の者かわからない男たちが人探しをしているかのように鋭い視線を往来の人々に送っていた。

志万は、先刻、店で、人が刺されたという話を聞いただけで目眩《めまい》を覚えた。

身体が熱っぽくなり、早くこの界隈《かいわい》から出ようと思った。

吾妻橋を渡る頃には、引いていたはずの美智江の手に引かれていた。

「大丈夫ですか、女将さん？」

「人いきれに当たったのかしら、少し熱っぽいけど風邪かも……」

「そうかもしれません。今日は早くお休みになった方がいいですよ」

志万は足元をふらつかせながら美智江に送られて家に戻った。

悪寒《おかん》がした。

暖房を強めて、ソファーの上に毛布を抱くようにして横になった。

人が人を殺《あや》めるというのはどんなことなのか想像もつかない。それを考えると内臓が熱を持ったように気分が悪くなった。

夕刻まで川のむこうから、時折、サイレンの音がした。

『殺った奴も撃たれて、傷ついたまま逃亡してるらしいぜ』

あれだけの人出だから、傷ついた人間がいればすぐにわかるだろう。

悪いことをしたのだから警察につかまるのは当然だ。

そんなことを考えているうちに志万は眠ってしまった。

目覚めると窓の外はすっかり闇が濃くなり、外がよほど寒いのか窓ガラスが曇っていた。

喉《のど》が渇いていた。まだ頭がボオーッとしている。額に手を当てると熱がある。

——やはり風邪かしら……。

キッチンに行き、水を飲んだ。

水屋から風邪薬を探したが見つからなかった。リビングに戻り、薬箱の中を見たがない。先月、娘の志津子が風邪を引き、二、三日ここで静養した。その時に風邪薬を買ってきたはずだ。

志万は志津子に電話を入れた。

留守番電話になっている。休日だからどこかに出かけているのだろう。

——買ってこようかしら……。

悪寒がした。少し頭痛がする。

窓ガラスの曇りを指先で拭い、外を見た。

「あらっ」

志万は声を上げた。白いものが舞っていた。霙が雪にかわっている。こんな中を出かければ余計に具合いが悪くなる気がした。

肌着を厚手のものに着替え、頭痛薬を飲んで寝室に入った。

横になってみると吐息が熱い。足先が少し冷える。志万は敷布に足を擦《こす》った。子供の頃から足先が寒い時はそうした。母に教えられた。キュッ、キュッと音がするほどしごく。

『何をしてるんだ？』

留次と暮らしはじめて、最初の冬の夜、志万が足を擦っていると留次が訊いた。

『ちょっと足元が寒いもんですから』

志万が言うと、留次は自分の足を志万の足に寄せてきて器用に志万の足先を引き寄せた。子供の悪戯のようで、志万はクスッと笑った。

留次は志万の洩らした声を気にもせず目を閉じた。すぐに寝息が聞こえた。

留次のぬくもりが足先にあった。それが志万には嬉しかった。男と女が暮らすということは、このぬくもりなのだろうと思った。

志万は闇の中で、遠い冬の夜のことを思い浮かべていた。

再び目を覚ました時、耳の底で犬の吠《ほ》える声がしていた。

夢だったのかと思うと、すぐにまた鳴き声が聞こえた。その声が太い声なのに気付き、マンションの裏手の大店の庭にいる白い大型犬の姿が浮かんだ。

老夫婦に飼われたシロという名前の犬は普段はおとなしく、吠えたりすることはめったになかった。

頭痛はなくなっていた。熱も引いたような気がする。喉が渇いていたので起き上がった。

また吠えた。

――どうしたのかしら……。

キッチンに行き、水を飲んだ。喉が鳴った。よほど汗を掻《か》いたのだろう。

止まない鳴き声に志万はキッチンの小窓を開け、顔を少し出してシロ、シロ寝なきゃ、と声を潜めて言った。

聞こえてはいないだろう。それでも時々、昼間、庭に放たれているシロに志万は声をかけることがあった。

志万が顔を出した途端、シロが立て続けに吠えた。大店の夫婦が起きてもおかしくないのにどうしたのだろう。よく二人で旅行に出かける夫婦だから、温泉にでも行ったのだろうか。お手伝いもいないようだ。

「シロ、静かにしなさい」

その時、窓の真下で物音がした。

志万は音のした下方を覗いた。野良猫がいるのかもしれない。それでシロが吠えているのか。

猫のいる気配はしない。物置とボイラーに雪が被っている。

こんな雪の日に猫はうろうろしないか。

志万が顔を引っ込めようとした時、物置の戸に何かがぶつかるような音がして、ドンと地面に物が落ちた音がした。

志万は下方を見た。

人が倒れていた。

――まさか……。

志万はあわてて首を引っ込め、小窓を閉めて鍵をかけた。

シロの鳴き声は続いていた。

志万はリビングに続く間口にぶらさがった簾《すだれ》のビーズが揺れているのを目を見開いて見つめたまま、今しがた自分の目に映ったものが本当に人影なのか、違うものなのかを考えていた。


志津子が眠れない時にと置いて行ってくれた誘眠剤が効いたのか、志万がこしらえた卵酒のせいなのか……、男がようやく寝息を立てたのを確かめ、志万は玄関から廊下に落ちた泥とも血ともつかない汚れを拭いとり、脱がせた男の衣服をすべて風呂場の洗い場にまとめ、汚れた自分の衣服を着替えてキッチンの椅子に座った。

乱れた息を整えようと大きく深呼吸した。

まだ肩で息をしていた。テーブルに置いた指先がわずかに震えている。

志万はその指を強く握りしめ、もう一度、鼻から息を吸い込み、ゆっくりと吐いた。

ようやく息は整ったが、胸元を見ると、まだ乳房が大きく上下していた。

志万は唾《つば》を飲み込んだ。目を閉じ、ふたたび静かに開いた。すると昂《たか》ぶっていた気持ちがおさまった。

志万は寝室に続く間口にぶらさがった簾のビーズを見つめた。

咳《せき》をひとつした。

そこでようやく志万は自分がとんでもないことをしたのではないか、と思いはじめた。

喉が渇いていた。立ち上がって水道の蛇口を捻《ひね》った。勢い良く音を立てて水が飛び出し、志万はあわてて蛇口を戻し、寝室の方を振りむいた。男が動いた気配はなかった。

グラスに水を注ぎ、一気に飲み干した。

そうしてまた椅子に座り直した。

——何てことをしてしまったのかしら……。

志万はまた目を閉じた。

——なぜこんな馬鹿なことをしてしまったの？

志万は自分に訊いた。

志万はゆっくりと首を横に振った。

「違う。馬鹿なことなんかじゃない」

そう言って志万はうなずき、目を開いた。

その目を水屋の上に立て掛けてある留次の写真にむけた。

留次は笑っている。

つい今しがた、この笑顔を志万は見ていた。

留次の声が聞こえたのだ。

『人を助けるのに理由なんぞいらないだろうよ』

それは四十数年前、弁天堂の前で留次に助けられ、のちに、なぜ見ず知らずの自分を助けてくれたかを訊いた時、留次に言われた言葉だった。

その留次の声を聞いたから、志万は思い切って階下に行ったのだ。

ただ志万には予期せぬことがあった。

ずぶ濡れたコートを玄関で脱がせ、衣服を着替えさせようとした時、床に乾いた音を立てて落ちたのは、血のこびりついた晒布《さらしぬの》を巻いた短刀だった。

男はすぐにそれを拾った。すっかり凍えた身体は非常階段を上がるのさえおぼつかなかったのに、その瞬間だけ、男の手は素早く動き、短刀を握りしめた。

――まさか……。

志万は目を見開いた。

コートを脱がすと黒いシャツにはべったり血痕がひろがっていた。

――この人、もしかして……。

見開いた志万の目の中で男は顔を歪めながら倒れた。

でもそんなことは二の次で、あとはもう夢中だった。

衣服を脱がせ、傷を負っている左肩を消毒し、晒布を当てて、敷布を一枚裂いて巻きつけ、留次の寝間着に腕を通させ、寝室まで肩を貸して横にさせた。

身体が驚くほど冷たくなっていた。熱湯に何枚かのタオルを浸し、それを絞って胸元、脇、首に当てた。

ようやく薄目を開けたので、卵酒をこしらえて飲ませた。男は噎《むせ》びながらそれを飲んだ。

男は一言も言葉を発しなかった。目だけが異様に光っていた。それにどこか諦念しているふうにも見えた。

――ともかく休ませることだ。

志万は以前、志津子からもらった誘眠剤のことを思い出し、それを男に飲ませた。

男はその時だけ、志万を睨《にら》みつけた。

「大丈夫です。数時間眠れる薬です。娘が私によこしたものです。これを飲んで今はお休みなさい」

志万の言葉に男は黙って薬を飲んだ。

十分もしないうちに男は寝息を立てはじめた。

しばらく寝顔を見ていた。

まだ若い。三十代半ばだろうか。留次の寝間着が合うのだから大柄な方ではない。

男が唸《うな》り声を上げた。顔が歪んだ。血はほとんど止まっているように見えたが傷が痛むのだろうか。

苦悶の表情が失せると、男はまた寝息を立てた。その顔にあどけなさが残っているのがわかった。

志万は男が眠りについたのをたしかめると、毛布をもう一枚掛けてやって寝室を出た。


夜が明けようとしていた。

志万はこれからどうしたらいいのかを考えていた。

朝になったら、甲子か三代目に連絡を入れて相談するのがいいのだろうと思った。

――甲子も三代目も警察に連絡するのだろうか……。

昨日の昼間、伝法院通りで目にした警察官や組の衆らしき男たちの血走った顔がよみがえった。

男に訊いてみるのが一番いいと思った。

それに困った時ばかり、甲子、三代目に厄介《やっかい》を持って行くのは都合が良過ぎると思った。

男が咳き込む音がした。噎せ返るような咳だった。

志万は急いで寝室に行った。

男は激しく噎せていた。背中をさすり、水を飲ませた。

「どこか痛みますか」

男は首を横に振った。

「病院に行かれた方がいいでしょう」

「いや……」

男が初めて口をきいた。

「いや、大丈夫です」

落着いたもの言いだった。

「失礼ですが、あなたはどなたですか」

「志万と言います。浅草で小料理屋をやっています」

「何という店ですか」

「〝志万田〟と言います」

「観音通りの裏手の路地ですね」

「ご存知ですか」

「昔、オヤジさんに教えられました」

「オヤジさんと言うと？」

「浜岡徳三親分です」

「徳三さんは私も知っています。主人と子供時代からの知り合いでした」

「たしか大江海運の大江留次さんですよね」

「そうです」

「迷惑をかけてすみません」

「いいえ、私は大丈夫です」

「すみませんが、お願いがあります」

「何でしょうか」

「あと一日、ここに居させてもらうわけにはいきませんか」

「……」

志万は返答に窮した。

「あっ、すみません、変なことを言って。明るくなったら出て行きますから」

「いいえ、いいんです。一晩でしたら……」

男は志万の言葉に返答をせず、両手の指をたしかめるように動かしていた。

「昨日の弁天山の騒動はあなたがなすったのですか」

男はちいさくうなずいた。

「あなたたちの世界のことは私にはわかりませんが、警察に行かれた方がいいのではないでしょうか」

男はまたうなずいた。

「いずれ出頭します。昨日のことをご存知でしたら、相手がどうなったかを知っていらっしゃいますか」

「……亡くなったと聞きました」

「そうですか」

志万は男が落着いているのに内心驚いていた。

悪い人間には見えなかった。

「何か食事をこしらえましょう」

「いや、これ以上迷惑はかけられません」

「すぐに用意しますから食べて下さい」

「ではいただいてから出て行きましょう」

「いいえ、ここにいらして結構です」


「女将さん、大丈夫ですか。少し顔色が悪いようですが……」

夕刻前、店の料理の下準備をしている時、美智江に言われた。

「えっ、ああ平気よ。少し熱っぽいだけ。いけないようなら言いますから。そん時は先に帰るわ」

「だったら、今日は私がやりますから」

志万は美智江の顔を見た。

「だめですか、私じゃ」

「そうじゃなくて頼もしいと思ったの」

店はいつもより客の出足も良く、宵の口から忙しかった。

殺ったのは××組の元幹部らしいな。そうなのかい。しかしいまどき拳銃じゃなくてドスで刺すとはたいした度胸だ……。

客の口の端に出てくるのは、昨日の事件のことだった。

警察と△△会が血眼《ちまなこ》で探してるらしいぜ。どっちが先に見つけるかで、そいつの寿命も決まるってことだな。

志万は客の話に耳をそばだてた。

――やっぱり今、表に出ては大変なのだ……。

元幹部ってのはどういうことだい？　何でも二年前に間違いをやらかして浅草を所払いになっ

たらしい。そん時も△△会とのいざこざだったようだ。△△会が関西と手を結んだからな。それよ、それが発端だろう。

——そうなんだ。しばらく浅草を離れていたんだ。

夜の十一時を過ぎて大方の客が引け、そろそろ店仕舞いにしようかという時、三代目があらわれた。

「具合いが悪いんだって？」

三代目が言った。

志万は美智江をちらりと見て、少し熱っぽいだけですよ、もう平気です、と笑った。

三代目の肴をこしらえていると、美智江が燗酒を三代目に注いでいた。

「昨日、弁天山の近くにいたんだって」

三代目が志万に言った。

「ええ、怖いことでした」

「殺ったのは、先代の徳三さんが可愛がっていた男だ。いい男なんだがな」

「そうなんですか」

志万は興味なさそうに返答して鱲子《からすみ》を出した。三代目の好物である。

ミッチャン、もう一本。三代目の声に志万は、あとで暖簾《のれん》もお願い、と言い足した。

「おい、この鱲子、まだ出せないだろう」

三代目の声に志万は顔を上げ、三代目が指でつまんだ鱲子を受け取り、噛んでみた。

「あら、すみません。どうしたのかしら」

「大丈夫か……」

三代目が志万を見た。

店を閉め、美智江を送ってマンションに戻った。

階段を上がりながら、窓灯りを見た。いつも出かける時、リビングの小灯りだけは点して行く。その灯りが洩れていた。

志万は男が出て行っている気がした。その方が有難い気もした。耳の奥で客の声がした。

〝警察と△△会が血眼で探しているらしい。どっちが見つけるかで男の寿命も決まるな〟

――いてくれればいいが……。

ドアを開け、私です、とちいさくつぶやき真っ直ぐ寝室に行った。

男はベッドに横になっていた。志万は吐息を零した。

その夜、男に夜食を食べさせながら、志万は、背中の傷が癒えるまでここにいてかまわないと言った。男も黙ってうなずいた。

すぐに週末が来た。

男の傷はなかなか治らなかった。

上野の薬局で買ってきた消毒液を塗り、化膿止めの薬は抗生物質を飲ませているのだが、肩先を銃弾がえぐるようにして貫通していた。それでも男は痛がる素振りを見せなかった。

傷の消毒をする度に、志万は男の背中に彫られた刺青《いれずみ》を見ることになった。

最初はおそるおそる男の背中に触れていたが、慣れてくると平気になった。

無口だった男が少しずつ話をするようになった。

男は若く見えたが四十二歳だった。

「浅草でお生まれになったんですか」

「いや桐生《きりゅう》です。北関東の。何もないところですよ。十五で家を飛び出して浅草に来たんです。それでオヤジさんに拾われたんです」

「拾われただなんて仔犬と違うんですから」

「いや野良犬同然でした」

「そんなふうには見えません」

「ヤクザはヤクザです」

男の言葉にはどこか自分を卑下するようなところがあった。


翌週明け、娘の志津子から電話が入った。

リビングの電話が鳴った時、隣りの寝室で男が立ち上がる気配がした。

男が来てから初めて部屋の電話が鳴ったからだろう。

「ねぇ、週末、ちょっと話があるんだ。そっちに行くわ。ひさしぶりに二人で美味《おい》しいもんでも食べましょ」

「……志津ちゃん、悪いけど週末には用事があるの」

「何の用があるの？」

「ちょっとお客さんのことで」

「珍しいわね。お客さんとのつき合いなんて。あっ、何かいいことがあるんでしょう」

「だといいんだけどね」

「私、来月スキーに行くんで、そっちに置いてあるウェアーを取りに行きたいのよ」

「なら送ってあげるわ」

「私じゃないとわからないのよ」

「段ボールごと送るから」

「他にも必要なものがあるのよ」

「ともかく週末はだめなのよ。来週でも間に合うでしょう」

電話を切ってから男に娘からの電話だったことを告げた。

志津子はこのマンションの合鍵を持っていたが、志万の許可なしで勝手に部屋に入ることはなかった。

それでも用心のために男にドアのチェーンをかけてくれるように頼んだ。

その週の中日にカッチャンが一人で店に来た。

「体調が悪いんだって？」

「えっ、誰がそんなこと言ったんです。ご覧のとおり、元気だけが取柄ですから」

志万が右腕を上げて笑った。

「三代目から電話でそう言われて、製薬会社がよく診断するよう言われたんだ」

「ああ先週ですね。少し熱があったんです」

「なんだ。そうだよね。肌の艶《つや》もいいものね。もしかして恋してるとか」

「だといいんだけど」

その夜、カッチャンは酔ったのか、カウンターに頬杖をついて同じことを何度も口にした。

「やっぱり艶があるよ。恋してんでしょう」

それを聞いた他の客も、そう言えば艶《いろ》っぽいね、この頃、と相槌を打った。

「私もそう思ってたんです」

美智江までが同調していた。

志万はカウンターに入ってきた美智江に小声で、ミッチャン、お客さんの前で変なこと言っちゃだめよ、と言った。志万の顔を見て、美智江は真顔で、すみませんと謝った。

カッチャンはまた青空の話をしている。この頃、お気に入りの話だ。

「うん、俺の記憶も元旦の空は晴天だな」

居合わせた客がうなずいた。


男の背中の傷がようやく癒えてきた。

恢復《かいふく》したことは嬉しかったが、これで男がいなくなると思うと志万は複雑な気持ちになった。

金曜日の朝、志万は早くに家を出て、上野に行き、男の衣服を買った。さすがに浅草で男物の衣服は買えなかった。もう何度かその店に来ていた。傷のガーゼを替える時などに、そっと採寸をしていたから、サイズはわかっていた。地味なものをと男が希望したから濃紺のズボンと黒の替上着にコートを頼んでおいた。

その夜、店を閉めると、志万は少し店で用があるからと美智江を先に帰らせた。しばらく店にいたのは、もしかして部屋に戻ると男がいなくなっている気がしたからだった。

取り乱してしまいそうだった。

志万はグラスを出し、そこに酒を注いだ。こんなことをするのは店を開いて初めてのことだった。半口飲んだ。いつもの苦味も感じなかった。そのまま残りを飲み干した……。

マンションのドアを開けると廊下のむこうに男の影が立っていた。男がそんなふうにしたことはなかった。

「遅かったので何かあったのかと思って……」

「お客さんがなかなか引き揚げなくて、ごめんなさい」

志万はぎこちなく相手に言った。

「遅くなってすみません。すぐに背中のガーゼを替えましょう」

「いや、ガーゼは午後に取りました。もう大丈夫です」

「あっ、そうですか……。じゃ最後に傷の周りを洗わせて下さい」

「本当にもう大丈夫です」

「洗わせて下さい」

志万は少し強い口調で言った。

「じゃ、お願いします」

「シャワーのお湯で洗いましょう」

志万は着物に襷《たすき》を掛け、バスルームに行った。

上半身を脱いだ男がバスタブの中に座った。すっかり傷は治っていた。

「いろいろお世話になりました」

男の言葉を遮《さえぎ》るように志万は男に話をはじめた。

「子供の頃の、元旦の空って覚えています?」

「元旦の空ですか」

「はい。私の記憶では真っ青に澄んだ空なんです」

「ああ、そう言えば自分もそうです」

「でしょう。実は十人中、八人、九人の人が子供の頃の元旦の空はそうなんですって。カッチャンという名前のお客さんがいて、その人が言うには、元旦って実は、曇る日、雨の日、雪の日もあるんですって。だけど家族皆が揃って、普段は気難しいお父さんやお祖父さんも皆おだやかな顔で笑っているし、お母さんもやさしそうにしているから、実はそんな皆の表情が子供たちを、元旦はまぶしくて綺麗だ、という記憶にさせてるんですって。それに元旦は皆が希望を見ているでしょう。カッチャンが言うには、特別なことなどなくったって、やっと年が越せたという安堵と、さあ新しい一年がはじまるぞって、皆の顔がいきいきしてる。それだけのことなんだけど、そこにしあわせの風景があるんじゃないかって言うんです。皆がまぶしいから、空も青くまぶしい記憶になるんですって。あなたもしあわせな風景を見ていたんですね」

「……」

男は何も言わなかった。

「でもそれは過去の話だけじゃないんですって。これから先でも、青い空と、しあわせな風景のある正月は迎えられるんです。私、あなたにお願いがあるんです。ここを出たら、青空が見られる人生を送って下さい。ささやかでもしあわせになって下さい」

志万の目から涙が零れ出していた。

志万は男の肩に両手を置き、嗚咽《おえつ》した。小刻みに震え出した志万の手を男の手が握りしめた。男の手も震えていた。志万の上半身が男の手に引かれてゆっくりと傾いていった。

八年振りの男の身体だった。

志万は自分でも驚くほど肉体が反応し、快楽の中に堕《お》ちていった。二人は待ち焦がれていたようにお互いの身体を求め合い、貪欲に悦楽にひたった。艶《あで》やかな志万の声が寝室の中で何度も発せられた。

朝を迎えても充足した二人の身体は深い眠りについたままだった。

チャイムの音で志万は目を覚ました。

男は隣りで眠っていた。

志万はサイドテーブルの置き時計を見た。もう朝の九時であった。またチャイムが鳴った。

――何かしら？

今日が週末なのに気付いて、志万はチャイムを押しているのが志津子だとわかった。

男が目覚め、チャイムの音に表情をかえた。

「大丈夫。たぶん娘です。ここにいて下さい」

志万はベッドを出て衣服を着ると、覗き穴を見た。志津子が立っていた。

志万はドアチェーンをかけたままドアを少し開いた。

「どうしたの？　まだ寝てたの。珍しいわね」

志津子はドアを押そうとしたが、チェーンがかけてあるのに気付いて志万を見た。

「悪いけど、今はだめなの」

「えっ、もしかして誰かいるの？」

志万はゆっくりうなずいた。

「本当に……」

志津子の言葉が終らないうちに志万はドアを閉じた。

志万は男に溺《おぼ》れた。男も同じだった。男には逃亡する場所が他になかったのかもしれない。

週末の二日はまたたく間に過ぎた。

週明け、店に出てきた志万の様子がおかしいのに客たちは気付いた。そんな客たちの目も気にせず、志万はこころここにあらずという顔でカウンターの中にいた。週の終りに甲子と三代目が揃って店にあらわれた。志万の様子を見て、そのぞんざいな仕事振りに呆れ、二人は店仕舞いの後、志万を諭した。志万は聞く耳を持たなかった。反論するかわりに泣き出した。側で見ていた美智江までが泣いていた。

「甲子さん、三代目さん、それ以上、女将さんを責めないで下さい。女将さんには今、好きな人がいるんです」

泣きながら訴える美智江を見て、志万は目をしばたたかせて言った。

「何を言ってるの、ミッチャン。私にはそんな人はいない……」

そこまで言って志万はまた泣き出した。

二月に入った三日、志万は新仲見世の喫茶店で甲子と三代目に逢った。

志万は二人に事情をすべて話した。

甲子と三代目は顔を見合わせた。

「あの人をどこか無事に生きて行ける場所に逃がしてあげて下さい」

「志万さんはそれでいいんだね」

甲子が志万の目を覗き込むように言った。

「ええ、逢った頃とは、あの人は少しかわりました。住む世界が違っているんでしょう。ヤクザは所詮……」

そこまで言って志万は言葉を飲み込んだ。

それは志万の本当の気持ちだった。

抱き合うようになってからほどなく、男の態度が少しずつかわるのがわかった。酒を飲むようになり、下衆《げす》なことを口にするようになった。

志万は自分の気持ちが男から離れていくのがわかった。ただ身体だけはつながり続けた。それが志万を余計にむなしくさせた。

「わかった。じゃ、今夜、鬼を外に出そう」

二人は立ち上がって店を出ると、その足で××組の事務所にむかった。


月が中天に昇っていた。

吾妻橋の上で二人の男が立っていた。

志万はゆっくり二人に近づいていった。

甲子と三代目は手に豆の入った枡《ます》を持ち、頭に紙の鬼面を被っている。志万を見て二人が笑った。志万は表情をかえなかった。

三人が歩き出し、橋の袂《たもと》に来ると黒い影が三人立って、甲子と三代目に会釈した。

志万は先頭をゆっくりと歩いた。

背後から二人の声がした。

「福は内、鬼は外。福は内、鬼は外……」

志万は唇を嚙んで、怒ったように歩き続けた。

やがてマンションに着き、階段を上るとドアの前に立ち鍵を開けた。

「帰ったか」

男の声がした。

「ええ……」

志万が返答すると、そのそばを黒い影が素早く入り、背後から甲子と三代目の豆まきの大きな声が響いた。

寝室で、一瞬だけ怒声が聞こえたが、それを掻き消すように、
志万はキッチンに入り、テーブルに両手をついて目を閉じた。

「福は内、鬼は外。福は内、鬼は外」

と二人の声が響き、床や廊下に豆が転がる音が続いた。

志万は声を殺して泣いた。

二人が窓を開け放ったのか、川風が簾のビーズを揺らし、それがかろやかな音を立てた。

やがてひときわ大きな声で、福は内、鬼は外の声がして、二人の笑い声がした。

足音が聞こえ、志万の背後で声がした。

「引き揚げるが、一人で大丈夫か」

三代目の声だった。

志万は返答ができずに歯を食いしばったまま二度、三度うなずいた。

ドアが閉まる音がした。

志万はキッチンの床にうずくまり、泣くだけ泣いて、水道の蛇口を開き顔を洗うとドアの鍵をかけ、寝室に入った。月明りが差し込むカーペットの上に、ふたつの面が転がっていた。

志万はその場にしゃがみ込むと、鬼の面を手にし、そこに顔を当てて、また泣き出した。

女の哀しい声を、開け放った窓から吹き込んだ川風と水音が静かにつつんでいた。

浅草のおんな

三社祭がはじまる。

その言葉を耳にしただけで、浅草の男も、女も……子供までが目の色がかわる。隅田川の堤の桜が散り、川風が夏の気配を運んでくる。その風にふれはじめると浅草は町の様子がかわる。浅草の一年の中で、この時だけは異様である。普段おとなしい人までがかわってしまう。懐にある玉のようなものを懸命におさえ込んでいるのだけれど、それが日に日にふくらんでいるのがわかる。

三社祭は浅草の人々にとって特別の中の、特別なのだ。飛びっ切りのことだ。

——あんな人までがおかしくなっている……。

志万《しま》は、毎年、祭りが近づきはじめるこの時期の浅草の人の様子をどこか醒《さ》めた目で見てきた。

ところが今年は自分でも妙に思うのだが、身体の奥がカッとなるのである。燻《くすぶ》っていた灰の中の炭が急に音を立てて火が熾《おこ》ったような感じなのだ。そうなったのはたわいもない会話がきっかけだった。

三週間前の昼間、町内の世話人が数人の子供を連れて〝志万田《しまだ》〟に挨拶《あいさつ》にやってきた。

それは去年の秋、町内の子供御輿《みこし》を新しくするというので寄附をおさめた人へのお礼の挨拶回りだった。羽織を着て頭に夏帽子を被った世話人に連れられた子供たちが志万の前に並んで、ありがとうございました、お蔭でいい御輿をいただきました、と丁寧に頭を下げた。どの顔もまぶしかった。御輿の新調がなったことの喜びと、それを担げることの誇りが子供たちの顔をかがやかせている。

きちんと挨拶ができる子供たちを見ただけで志万は嬉しかったが、世話人が持参した御輿の写真を見せられ、喜びが増した。

「あら、立派な御輿が出来上がってよろしかったですね」

「これも皆さんのお蔭です」

世話人の言葉に子供たちが、お蔭です、と声を合わせた。

――へぇー、もういっぱしの浅草の男なんだわ……。

志万は子供たちの顔をまぶしそうに見た。

用意しておいた菓子を子供たちに渡した。

「しっかり担いで下さいね」

志万が言うと、子供たちは自信ありげにうなずいた。

その中の一人の子が祭りの印半纏《しるしばんてん》を着ていた。気の強そうな目をしている。

――誰かの目に似てる……。

すぐに亡くなった連れ合いの留次《とめじ》の目だとわかった。

留次も祭りになると人がかわった。

挨拶回りは志万の店が最後のようで、表で世話人が子供たちに、一度真っ直ぐ家に帰るんだぞ、わかったな、と言い、はーい、と元気な返答が聞こえた。

世話人の草履の音が遠ざかったが、しばらく表で子供たちの声がしていた。

先刻の菓子を食べながら駄弁《だべ》っているのだろう。その会話もやがて聞こえなくなった。

志万は下ごしらえを一段落させ、店の表に出ようとした。その時、女の声がした。

「あら、今日はお祭りなの？」

ガラス越しに派手な化粧のでっぷりとした女が表戸の前に立つ少年に声をかけていた。ガラスに映った背中で、少年が先刻の印半纏を着た子だとわかった。

「お祭りなの？」

観光客なのか、女はもう一度少年に訊《き》いた。

少年は返答しない。

「変な子ねえ」

女は言って、吾妻《あづま》橋の方に立ち去った。

その時、巻いたような口調のはっきりとした声が聞こえた。

「何を言ってやがる」

志万はクスッと笑ったが、今しがた立ち去った女の化粧の顔と、変な子ね、という言葉を思い出し、

——そうよ、三社祭のことも知らないなんて……。

「何を言ってやがる」

と志万も少年の言葉を口にした。

その途端、志万の身体がカッとなった。

今年の春は不安定な天候が続いた。

四月の上旬になっても霙《みぞれ》まじりの冷たい日が数日おきにやってきて桜の開花も遅れがちだった。そのせいで風邪を引く客も多かった。

二月の事件以来、周囲の人も店の客たちも、皆志万に遠慮勝ちにしていた。

誰も事件の話題はしない。

志万は、あの出来事を後悔してはいない。

もう一度同じことが起こっても、志万はあの男に身体をあずけた気がする。男と女のことは当事者にしかわからないことがある。他人の目から見れば愚かに映るものでさえ当事者にはごく自然な行動であることが多い。

人間の中にはいろんな自分が棲《す》んでいて何かの拍子に思わぬ自分が顔を出す。その顔が鬼畜の表情をしていても情愛にのめり込んだ男と女には相手しか見えない。己を映す鏡がない。それは相手も同じで、男と女が惚れ合うと善も悪もない。あるのは恋しい、いとおしい、いっときも離れたくないという感情である。〝恋は盲目〟というが嘘ではない。

男の態度が豹変し、冷徹な言葉を平然と口にしはじめた時、志万は身体の中にスーッと冷たいものが走った。その瞬間に熱が引いた。

男のそばに裸身を晒《さら》している我が身を見て、

——なんてことを私はしてるんだ。

と思わず掛け布で肌を隠した。

あとは事の次第に感づいていた三代目と甲子《きのえね》が志万をそれまで生きてきた場所に戻してくれた。

数日泣くだけ泣いて、店をはじめて休んだ。そんな或る日、ひさしぶりに三代目の操縦する屋形船に乗せられた。

隅田川を下って橋をくぐり抜け、河岸に立ち並ぶビルを眺めた。川風が頬を撫で、波に身体を揺らしているうちにいろんなことが思い出された。

雅美《まさみ》を追いかけて天草を出奔《しゅっぽん》し、浅草にやってきた日、裏切られ生きる術を失って街をさまよった日……。

――あの時、私の人生が終ってしまっていても何の不思議もなかった。

屋形船が汽笛を鳴らした。

勝鬨《かちどき》橋を抜けようとしていた。すれ違う船も汽笛を返している。

やがて前方に東京湾がひらけてきた。視界の中の空が急にひろがった。数日続いた雨が上がり、澄んだ青空が見えた。

その空から声がした。

『大丈夫だ……』

留次の声である。大声ではないが野太いしっかりとした、それでいてぬくもりのある声だった。

留次のはにかんだような笑顔が雲のむこうに見えた。目を細めて笑っている。どんな時にだって平然とすべてを受け止め、大丈夫だ、と一言だけ口にする留次のやさしい表情だ。

そのいとしい顔が少しずつ歪んだ。顔の輪郭が流れ出した。

志万の頬に大粒の涙がとめどなく流れ出していた。もう泣きつくしたと思っていたのに次から次に涙があふれ出す。

「志万さん、寒くはないかい？」

背後に三代目の声がする。

振りむけないから二度、三度うなずいた。

「あれが海ほたるだ」

三代目の声に左手前方の塔のような建物が見えた。

「俺は昔、オヤジと二人で海に出たことがあった。あとにもさきにもその一度きりだ。その間中、オヤジは何も言わなかった。俺は今でもその日のことを思い出す時がある。別に何か特別なことがあったわけじゃねえ。けど俺はあの日、この仕事を継ぐって決めたんだって気がするんだ。人はそれぞれよ。せっかく生んでもらったんだ。好きなことをやればいいのさ。ただ好きなことをして生きていけるほど世の中は甘くはないし、好きなことをやり通せないほど冷たいもんでもねえ。どう生きたっていいのさ。へこたれた時にゃ、人が手を貸してくれる。どんな時にだって見てくれてる奴はいるもんだ」

三代目が何を言いたいのか、志万には痛いほどわかる。

「沖まで出るかい？」

志万は首を横に振った。

「親方、もう充分。帰りましょう。私、お店の準備があるから」

「そうだな」

船はゆっくりと舳先《へさき》を回した。

目の前に東京の街並が迫る。

——いろんな建物があるのね。

さっきまで気付かなかったものが志万の目に映る。

勝鬨橋を抜けようとした時、志万の耳に音楽が聞こえた。耳慣れた曲だ。

♪春のうららの、隅田川、上り、下りの船人が……♪

志万は歌詞を口ずさんだ。

「親方、これ、今かけてくれたんだ」

「浅草を出る時にもかけてたぜ」

「えっ、本当に」

「ハッハハハ」

志万の言葉に三代目が可笑《おか》しそうに声を上げて笑った。

川風が志万の髪を揺らす。

振りむくと三代目は鋭い目で前方を睨んでいる。

——いい男っ振りだ……。

志万は三代目を見上げてつぶやいた。


「これこれ、〝志万田〟の天豆《そらまめ》はどうしてこう美味《うま》いのかね」

カッチャンが目を細めて言う。

「先輩、どうしてソラマメって言うんですか？　別に空から降ってきたわけじゃないのに」

カッチャンの隣りで会社の後輩が訊いた。

「そう言えば、そうだね。何でだろう」

カッチャンが志万を見た。志万は笑い返す。

「先輩、ボクが思うに、もしかして〝ジャックと豆の木〟の話と関係しているとか……」

「何、それ？」

「空まで伸びた豆の木から落ちてきたとか」

「それは外国の話でしょう。君はそういうところが安易だね。思ったことをすぐ口にしてはいけないと所長に言われたでしょう」

「す、すみません」

後輩が頭を下げ、舌先を出した。

「それって豆の莢《さや》が空にむかって伸びてるからよ」

保険会社の所長の石岡の隣りで幸江が言った。

「あっ、そうなんだ」

カッチャンが彼女を見た。

「この人、実家が農家だから」

隣りで所長が言った。

「私、子供の時分、収穫を手伝わされたから。莢が皆空にむかって伸びて行くのよ」

「それって可愛いですね。そうか、空にむかって莢が伸びるのか。向日葵《ひまわり》が太陽に顔をむけるのと同じだ」

「じゃボクらは太陽の恵みを食べてるってことですね」

「うん、今の言い方はいいね」

カッチャンの前に志万が小皿を出した。

「おっ、新子《しんこ》だね。いやもう小鰭《こはだ》か。〝志万田〟の小鰭は美味いんだな。小鰭ならお酒をもらいましょう」

はーい、と美智江が返答し、燗《かん》の支度をはじめた。こっちは冷酒のおかわり、と所長が言う。

はーい、と美智江が声を出す。

志万は美智江の弾んだ声を聞きながら、恋をしている女性はやはり声にも張りがあるのだと思った。

「今年は〝宮出し〟を境内の中では見物できないんだってね」

カッチャンが小鰭を口に入れて言った。

「そうなんですってね。本堂の工事と社務所の工事が続いてるんですって」

志万が答えた。

「長い工事だね」

「それだけ丁寧にこしらえてるんでしょう」

「先輩、何の話っすか?」

「祭りの話だよ」

「何の祭りですか?」

「浅草で祭りと言えば三社祭しかありません」

「そんなもんなんですか?」

「君ね。この街で祭りのことをそんなふうに言ってると無事には家に帰れませんよ」

「そんなオーバーな……」

「本当です」

志万がはっきりとした口調で言った。

その声に客が志万の顔を見た。美智江も志万を見ていた。カッチャンも口をあんぐりとさせて志万を見返している。

「あっ、そうか思い出した。何年か前に御輿の上に怖いお兄さんたちが刺青《いれずみ》を見せて乗っかったことありましたよね。ああいうのはおっかないですよね。刺青なんていけないっすよね」

「刺青が悪いんじゃありません。お祭りですからどんな人が見えてもかまわないんです。氏子全員のお祭りなんですから大勢見えた方がいいんです。あの時は御輿の上に乗ったからいけなかったんです。御輿は清いものですから」

志万が一気に話した。

常連客たちが皆、目を丸くして志万を見ていた。

志万は客たちの視線に気付いて、

「す、すみません。余計なことを口にして、かんにんして下さい」

と顔を赤らめ頭を下げた。

その時、木戸が開いた。

笑って顔を覗かせたのは、娘の志津子だった。悪戯《いたずら》そうにちらりと舌を出している。

——あらっ、何かあったのかしら？

志万は志津子の仕草を見て思った。

何かばつの悪いことをしでかしたりした時や照れ隠しに、志津子が子供の時から見せる仕草だった。

「よう志津ちゃん、ひさしぶりだね」

カッチャンが志津子にむかって手を振った。志津子はカッチャンを見て首をすくめるようにして笑い返した。そうして顔を引っこめて外で誰かと話をしている。連れがあるようだ。

——あの人かしら……。

志万は志津子が一度店に連れてきた男の顔を思い浮かべた。

何となく志津子の様子が違う。

志津子が店に入ってくると、あとから男が続いてきた。

志津子のことを知っている常連客は沈黙していた。二人はカウンターの隅に座った。

志万はうつむいたまま料理をこしらえていた。いつもなら自分から元気良く話しはじめる志津子が何も言わない。

「何になさいます？」

志万は思わず目をしばたたかせた。

志津子が敬語を使っている。そんな言葉遣いをする娘の声を初めて聞いた。

「志津ちゃん、ひさしぶりだね。元気だったの？」

カッチャンがいつもの口調で言った。

「ええ元気です。ありがとう。カッチャンもお元気ですか」

「お元気ですか……って、ボクに訊いたんだよね。これは驚いた」

「どうして驚いたの」

志津子の口調がかわった。志津子が逆上する時の声だった。志万は顔を上げた。

志津子のこめかみが浮き上がっていた。

「母さん、紹介するね。後藤先生。先生、母です」

「初めまして、志津子の母《はんじ》の志万です」

「こちらこそ。どうも初めまして。後藤です。一杯飲ませて下さい」

相手は少し訛《なま》りのある言葉で挨拶し、寝癖がそのまま残っているのか、はね上がった頭髪を手で掻《か》きながら笑った。綺麗な目をしていた。

「何をお飲みになりますか」

「酒を常温で下さい」

相手は嬉しそうに言った。

「お母さん、後藤先生は北海道のご出身でね、酒豪なのよ」

志津子の小鼻がふくらんでいる。何かを自慢したい時の娘の癖である。

酒を運んで行った美智江に相手が盃ではなくグラスをくれるように言った。美智江がグラスを運んだ。声をかけた。

「北海道の方ですか？」

「そうです。旭川です」

「私、小樽です」

美智江の声がはずんでいる。戻ってきた美智江が志万に小声でささやいた。

「いい人ですね」

志万は男に小鯵《こあじ》と赤貝を出した。

「これは美味い」

口振りは朴訥《ぼくとつ》だったが、志万には相手の正直なこころねが伝わってきた。

「先生が美味しいって。良かったわね。お母さん」

口調で娘が男に惚れているのがわかる。

男は二杯のグラス酒を一気に飲んだ。たしかに強い。

「二合徳利にしましょうか」

志万が訊くと、男は首を横に振り、言った。

「いや今夜は帰って患者さんを看なくてはならないんで……」

――お医者さんなんだ……。

「頑張ってくれている患者さんがいますから……」

カッチャンが突然声を上げた。

「失礼ですが、先生はご専門は何でしょうか?」

「ハッハハ、ボクは獣医ですよ。今夜の患者さんは十七歳のシェパードです。警察犬を引退した立派な患者さんです」

「そうですか、失礼しました」

「何も失礼ではありません。少し飯をいただきたいんですが」

先生が志万に言った。

「はい。筍《たけのこ》御飯がありますが、お食べになりますか」

「は、はい。好物です」

先生は筍御飯を三杯ぺろりと平らげて引き揚げて行った。志津子も地下鉄の駅まで先生を見送ってくると言って一緒に店を出た。

「いい先生だなあ」

カッチャンが感心したように言った。

「ああいう先生ならペットも安心ですね」

後輩も感心したように言った。

「志津ちゃんの一等賞ですね。今回は志津ちゃんが夢中のようだ」

さすがにカッチャンは志津子と仲が良かっただけにあの子のことをよく見ている。

保険会社の石岡さんが幸江に支えられるようにして引き揚げ、カッチャンが、お愛想の声を出した。

「女将《おかみ》さん、さっきのさ、三社祭はどんな人が入ってきてもかまわないんです、ってのは良かったね。女将さんは三社祭にはあまり興味がないいんじゃないかと思ってたんだけど、本当は好きなんだね」

「そりゃ浅草に長く暮らしているんですもの……」

「そうか、うん、そうだね。おい後輩、行きますよ」

カッチャンはカウンターに肘をついて舟を漕いでいた後輩の肩を叩いた。

後輩は目を開けると右手の拳を振り上げるようにして、グリベックに負けないぞ、と声を上げた。

「おいおい、こんな所で、そんな薬の名前なんか出さないの。さあ電車に乗るんだからしゃんとしろよ」

「わかりました。先輩、女将さん、ご馳走さまです。さっきはお祭りのこと、おかしな言い方してすんませんでした」

「おや、わかってるんだ。いい所もあるね」

カッチャンが出て行くと、小上がりの客の話が急に聞こえてきた。仕事の話をしている。景気がこうじゃ……、と厳しい会話が届く。

——皆大変だ……。

志万は小上がりの客の口直しにトリ貝と若布の酢の物をこしらえはじめた。

調理場の脇の棚をちらりと見た。

志津子の荷物が置いてある。先生を見送りに出たまままだ帰らない。

志万は、先刻の医者の顔を思い浮かべた。

『患者さんが頑張ってるんで……』

犬のことを患者さんと呼んでいた。

――何だかいい人のようだ……。

これまで志津子が連れてきた男の中で一番純朴そうだ。娘の男の趣味はわかっているつもりだったが、少し好みがかわったのかもしれない。これまではいつも志津子が男をリードしていた。子供の頃から勝ち気な性分だったから、男に対しても主張をするのだろうと思っていた。

先刻、耳にした志津子の声がよみがえった。

『何になさいます?』

初めて聞く娘の男への丁寧な物言いだった。これまで何度注意をしてもできなかったことがすんなりとできている。人を好きになるということはたいしたものである。

電話が鳴った。

美智江が受話器を取った。

〝志万田〟でございます。あっ、どうも……、そう言って美智江は受話器を志万に渡した。小声で、白浜さんです、と告げた。

「どうも先日は……」

『これから行くが平気かね?』

「はい、お待ちしております」

電話を切っても、今しがたの美智江の声が耳に残っていた。

『あっ、どうも……』

あっ、と初めに思わず零《こぼ》れ出た、あの声の微妙な違いが志万にはわかる。

美智江が三代目に好意を抱いていたのは初めからわかっていた。

身投げをした美智江を救い出してくれた男である。情を抱くのは当り前だ。〝志万田〟を手伝うようになってからも美智江が知っている人間は志万以外は三代目しかいなかった。依《よ》るすべのない女にとって三代目は特別の人であったに違いない。

それでも美智江が三代目に対して情をあらわさなかったのは、志万と三代目の関係を気付いていたからだろう。

一昨年の秋、志万は三代目の結婚の申し出にちゃんと返答ができなかった。そのことを美智江に話した。

美智江は神妙に話を聞いていた。

少しずつ気持ちが素直になったのだろう。

二月の事件は美智江にもショックだったに違いない。それ以上に三代目にも、甲子にも志万は済まない思いがある。なってしまったものは仕方がない。

三代目も踏ん切りがついたのだと思う。

二人の様子が、この春かわった。これで良かったのだと思う。

木戸が開いた。

いらっしゃいまし……、と上げた声を止めた。志津子である。

「ずいぶんと長い見送りね」

「そうじゃないの。先生を送った後、仲見世を少し見て回っていたら伝法院の前でユキちゃんにばったり逢ったのよ。ほら、メトロ通りの角の化粧品店の子よ。同級生だったユキちゃん。あの子、出戻ったんだって。それで家に上がってくれっていうから話していたのよ。旦那さんとは死に別れだって」

「そうなの」

志万は化粧品店の娘だった少女のことをかすかに覚えている。

志津子はカウンターに座った。

「お腹空いちゃった」

「先生の召し上がった筍御飯があるわ」

「うん、それがいい。母さん、どう、後藤先生？」

「どうって？」

「だからどんなふうに見える」

「どんなふうにって何が？」

「だから母さんの目にはどんな感じの男の人に見えるかと思って」

「いい人に思えたわ」

「それだけ？」

「だって今夜、逢ったきりだもの」

「でも女の勘ってのがあるじゃない」

「母さんにはそういうのはありません」

「何だかいじわるね、今夜は」

志万は志津子を見た。

見たことのない口紅を引いている。さっきも、この口紅を引いていたかしら……。

「口紅、かえたのね」

「あっ、これ、違うわ。ユキちゃんが勧めるから引いてもらったの。彼女、浅草に戻ってきてお店を手伝うんだって。私も浅草に帰ってこようかな」

「へぇー、そんな気持ちがあるの」

「それはあるわよ。浅草は私の生まれ育った街ですもの。今年は三社祭をじっくり見るんだ。どこにいても、この時期になると身体の奥が熱くなるから妙なものね」

「離れてるからそう思うんじゃない」

「あら、母さんは私が浅草に帰るのに反対なの」

木戸が開いた。

三代目である。

小上がりの客が立ち上がった。

客を見送って店に戻ると、三代目と志津子が楽しそうに話をしている。

「ねぇ、三代目。母さん、私が浅草に帰ってくると嬉しくないみたいよ」

「本当かね、志万さん」

「そんなことはありませんよ。親子がそばで暮らすのはいいに決まってます」

「ほら、そうだろう。志万さんだって望んでるよ」

「そうかしら」

美智江が三代目にビールを運んでいる。

美智江が注ぐビールを三代目はさりげなくグラスを傾けて受ける。

「それに今度、私の知ってるお医者さんがこっちの病院に来るんです」

――ほら、やっぱりそうだ……。

「何だい、そのお医者さんってのは？」

「志津子さん、さっきの方ですか。旭川の人ですよね。感じのいい方でした」

「美智江さんもそう思う？」

「ええ、やさしそうな方に見えます」

「そうなのよ」

志津子も美智江も声がはずんでいる。

女というものはどうしてこうなのだろう。志万は三代目の小鰭を盛りつけながら、店の中の空気がふくらんでいる気がした。


その夜、美智江を先に帰し志万は志津子とマンションに帰った。

どうやら泊っていくらしい。

風呂上がりに居間に座って志津子が言った。

「美智江さん、綺麗になったんじゃない」

「そう……。あなたと同じ理由かもね」

「えっ、美智江さん、いい人ができたの？」

「はっきりとはわからないけど、そんな気がするわ」

「相手はどんな人？」

「よくは知らないわ。でもきっといい人だと思うわ」

「なぜわかるのよ」

「ちゃんと綺麗になってるもの。あなたもそう思ったんでしょう」

「そうだけど、そこまでわからないわ。ねぇ、今、私も恋してるって言った？」

「言ったかしら」

志万は鏡の前で顔にクリームを塗った。

「嫌ね、今日の母さんはいじわるだわ」

志津子はそう言いながら鼻歌を歌っている。三代目の屋形船で聞いた歌である。

この歌を留次は少女の頃の志津子に歌わせていた。何度も何度も歌わせるものだから、最後に志津子が頬をふくらませて留次を睨んでいたことがあった。

その顔を見て、留次も志万も笑い出した。

そのことがつい昨日のように思える。

二人は寝室に蒲団を並べて横になった。

「後藤先生、二つ歳下なのよ」

「いいんじゃないの。歳で恋するわけじゃないんだから」

「そうね」

「それじゃ今、本厄じゃないの」

「あっそうかもね」

「だったらお参りに連れてってあげなさいよ」

「それっていい案ね。うん、そうしよう」

志津子の口から以前つき合っていた男の話は一切でない。現金なものである。

寝息が聞こえ出した。

志万は枕元の灯りを消した。闇がひろがると川の水音が聞こえてきた。

目を閉じたが何だか寝付けなかった。

——どうしたんだろう……。

天井の闇を見つめていると、今夜、店で美智江が三代目にビールを注いでいる光景が浮かんできた。

三代目と美智江だけに通じている何か強いものが感じられた。そこに自分が入り込む余地などない、他人を払いのけるような強さがあった。

「あれでよかったんだ」

志万は自分に納得させるように声に出して言った。

すると闇の中から留次の七回忌の法要の後、向島の喫茶店でテーブルに両手をついて、志万さん、俺と一緒になってくれ、と頭を下げた三代目の姿があらわれた。

——どうして一緒になれなかったんだろう……。

志万は胸の奥でつぶやいた。

すると急に志万はこころもとなくなった。美智江が羨ましく思えた。

——三代目は私のことが好きだったのに。

志万はうらめしそうな顔で闇を見つめていた。


三社祭の灯明が川風に揺れている。

志万は祭りの前の浅草の夕暮れの風景に目をやりながら店の表に立っていた。

留次が今しも路地のむこうからあらわれる気がした。留次の祭り好きは半端ではなかった。急ぎ足で歩く連れ合いの姿が揺れていた。

「どうしたい、そんな所に立って？」

声に振りむくと宇都宮の親方が立っていた。

親方の背後に男が一人立っていた。

「す、すみません。灯明を見ていたら昔のことを思い出してしまって」

「何を言ってるんだ。昔のことを思うほど歳を取っちゃいまい。今日は客を連れてきた。会田《あいだ》さんだ。ついこの間までずいぶんと世話になった」

「どうも〝志万田〟の志万と申します。よく見えて下さいました」

「どうも会田です。角倉《すみくら》さんにはいつもお世話になっています。今日は角倉さんのご自慢の店を案内してもらえるというのでついてきました」

「そんな店じゃありません。素人がやってる店なんです。どうぞ」

志万は急いで店に入った。

美智江は週初めから北海道に帰っていた。

「どうも親方、いらっしゃいまし。よく見えて下さいました」

志万が深々と頭を下げた。

「どうだい、会田さん。いい女将だろう。東京にあって名古屋にはないのが、これだよ」

「いや角倉さんの気持ちがよくわかります」

会田と名乗った男が志万をちらりと見てから言った。

「何の話ですか」

「だから志万さん、あなたがいい女ってことを、この人に前から話していたんだ」

「いやですよ。からかわないで下さい」

「からかっちゃいない。俺はこの店に最初に来た時からずっとそう思っているんだ。俺はおべんちゃらは言わない」

「……」

志万は返答のしようがなかった。

「親方、いつものでよろしいんですか」

「今日はまずビールをもらおう。会田さんの快気祝いだ」

「あら、どこかお悪かったのですか」

「ええ、柄にもなく体調を崩してしまって……」

「それはいけませんね」

「会田さん、去年の暮れ、親の代からの会社が倒産してしまったんだ。誰だって身体をこわす。それに会田さんは人がいいから、債権者皆に頭を下げて回ったんだ。すべてが終った時には身体とこころがいっぺんにおかしくなっていた。よく生きていてくれた」

「そうでしたか」

「お恥かしい話です」

会田は照れたように笑っている。

「なあに身体ひとつ無事であれば、これから先どうにでもなる。それができる人なんだよ。この会田さんという人は」

「もう身体しかありません」

会田は白い歯を見せた。

——綺麗な笑顔だ……。

志万は会田を見て目をしばたたかせた。

「さあ、おひとつどうぞ」

志万は会田にビールをすすめた。

差し出したグラスを持った会田の右手の指先が小刻みに震えていた。

会田は右手に左手をそえて震えを止めた。

「まだ少し痛めつけられたのが残ってまして。ここで角倉さんと飲めるのを愉しみにしていたんです」

「それはどうもありがとうございます」

親方のグラスにビールを注ぐと、親方は大声で会田に、おめでとう、と言った。志万も、おめでとうございます、と頭を下げた。

会田が深々と親方に頭を下げ、志万に会釈した。

「本当に身ひとつになりましたね。淋しくはないかね」

「いや、これでよかったんです。これが私の歩むべき道だったのでしょう。元々は家内の父親が作った会社でしたから……」

「どうだい女将さん、一度、会田さんに浅草を案内してやっちゃくれないか？」

親方が言った。

志万は親方の顔を見た。真剣な顔だ。

「ええ……。でも私は浅草の人間じゃありませんから」

「何を言ってるんだ。志万さんが浅草の人間じゃなかったら、誰が浅草の人なんだ。あんたはもうすっかり浅草のおんなだよ」

「ええ、でも私に案内が……」

「何もガイドをしてくれって言ってるんじゃない。志万さんの好きな浅草を、この田舎者の男と散歩してくれればいいんだ。歩くのが面倒なら、どこかで食事でもご馳走になっちゃどうだ。無一文と言っても飯代くらいはありますよね、会田さん」

「いや、それは。でもご迷惑じゃ」

「いいえ、迷惑なんかじゃないんです。ただ急に親方がおっしゃったもんですから」

「話というものはいつも急だ。おまけに俺はせっかちときてるからな」

志万は二人に天豆と大根にそえた鱲子《からすみ》を出した。

親方は肴《さかな》を見て、ぼちぼちつけてくれ、と酒を注文した。

「会田さん、もう飲めるのかね」

「今日は少し飲んでみましょう」

「召し上がって大丈夫なんですか」

「医者はもういいと言ってましたが、どうも飲む気分になれませんでしたので。今日は飲みたい気分なので」

「そりゃいい。ほらね、会田さん。ここはいい店でしょう」

「いや同感です。こんな店を知ってる角倉さんが羨《うらや》ましい」

「羨ましいじゃなくて、これを縁に寄って下さい」

「はい」

「そう言ってもあなたは一人じゃここに来ない」

その言葉に志万は訝《いぶか》しそうな顔で親方の顔を見た。

親方は志万の表情に気付いたように顔をむけた。

「女将さん、会田さんは一人で来るのが恥かしいと言ってるんじゃないよ。大人の男というものはそういうもんなんだよ。仕事のつき合いが長くなって、お互いが大事な立場になるとね、相手が馴染んでいる場所には足をむけないものなのさ。大切にしてるものにはふれないってことだ。それが大人の男の礼儀だ。でも会田さん、今日、私がここにお連れしたのは、あなたにも〝志万田〟に通って欲しいからだ」

「わかりました。私も気に入りました。女将さん、これからよろしく」

会田は盃の酒をゆっくりと口に入れた。

木戸が音を立てて勢い良く開いた。

見事な芸者姿だった。

小染《こそめ》である。

「いらっしゃいまし」

「一杯だけいただいて行ってかまいませんか」

小染が志万を見て笑った。

志万も笑い返して、ええ、何杯でも、と言った。志万の返答に小染は嬉しそうに鼻先にシワを寄せた。

「お燗します？」

「冷やでいいわ」

小染は言って親方と会田に会釈した。

「うーん、いい風情だ」

親方が小染を見て言った。

「ありがとうございます」

志万は小染の前に酒徳利とグラス、小皿に櫛《くし》型に切ったレモンを置いた。

「あら女将さん、どうして私の好みを知ってるの？」

小染がレモンを見て言った。

「前にいらした時にもそうしてらしたから」

「やっぱりね……」

小染は言ってレモンを紅にふれないように器用に歯先で噛んだ。そうしてグラスの酒を一気に飲み干した。

親方と会田、それに志万も小染の飲みっ振りを嬉しそうな顔で眺めた。

それに気付いて小染が、すみません、妙なところを見せちゃって、と顔を少し赤らめた。

「いいえ、いい飲みっ振りだ。気持ちがいい。ところで姐《ねえ》さん、訊きたいんだが、さっきあんたが言った〝やっぱりね〟というのは何のことだい？」

親方が訊くと、小染は小皿を少し傾けて親方の方に見せて言った。

「このレモンですよ。私がこの店に来たのは丁度一年振りなんです。祭りの夜だったんです。それがこの店に来た一度っきりなんです。でもそん時、冷や酒を注文してレモンをもらったんです。それを女将さんが忘れずにいてくれたから。〝志万田〟は浅草じゃ、地の人だけが知ってる評判の店です。評判の理由がわかった気がして」

親方は笑ってうなずいていた。

「たまたま覚えていただけです。そんな店じゃありま……」

志万の言葉をさえぎるように小染がはっきりした声で言った。

「女将さん、私の恋敵なんです」

小染の言葉に親方と会田が顔を見合わせた。

「でもいいんです。私、今頑張ってるから。あっ、そうだ。私、ただ飲みに来ただけじゃないの」

小染が志万を見た。

小染は親方たちをちらりと見て、ちょっと用件だけ言わせて下さい、と断わった。

「女将さん、実は頼み事があるの……」

志万は小染の顔を見た。

「実は、女将さんに祭りのことで手伝って欲しいの」

「私にですか。それは私にできることがあれば……」

「ああ、良かった」

「何でしょうか?」

「女御輿を担いで欲しいの」

親方と会田が手にした箸を思わず止めた。

志万も目を丸くして小染を見返した。

「人手が足らなくて困ってるの。けど何十年も続けてきたものだから、誰にでも頼むわけにはいかないでしょう。会長のお姐さんに相談したら、〝志万田〟の女将さんが手伝ってくれるならいいわね、とふたつ返事で、頼んでおいでって」

志万は驚いて小染を見ていた。

「ハッハハハ、こりゃ面白い」
親方が笑い出した。

志万は、その夜、マンションに戻ってから冷たいシャワーを浴びている時でさえ自分の身体が妙に火照《ほて》っているのに気付いた。

小染のせいである。志万は御輿を担ぐなんてことはできない、と小染が店を出て行った時も思っていた。

「面白そうじゃないか。俺は担いだ方がいいように思うがね」

親方が言った。

「親方までがそんな冗談をおっしゃらないで下さい。私にそんなことはできません」

志万ははっきりと言った。

「冗談で言ってるものか。今の姐さんも言ってたじゃないか。御輿は町の衆にとって大切なもんだ。それを担ぐ人を選ぶのは当り前だって。俺もガキの頃、宇都宮で御輿を担げる歳になった時、おふくろは、その日の朝、風呂を焚《た》いてくれた。身体を清めて八幡様に入るのだってね。自分の器量が御輿を担ぐんじゃなくて御輿がそいつの器量を望んでくれるのさ。むこうだって考えた末に言ってきたんだ。でなきゃ一杯飲んでから話を切り出しゃしないだろう。せっかく頼まれたんだ。それに乗ってみるのも世間ってもんだ」

隣りで会田がちいさくうなずいていた。

その夜の最後の客は三代目だった。

美智江がいない店で三代目と二人でいるのはひさしぶりだった。

「どうした？　何か心配事でもあるのか」

いきなり三代目が言った。

「なぜですか」

「顔にそう書いてあるぜ」

志万は思わず頬に手の甲を当てた。

誰にも言わずにおこうと決めていた。明日にでも小染の家に行って話を断わろうと思っていた。

「実は……、冗談だと思うんですが」

志万はそこまで言って口をつぐんだ。

「何だい、言いかけてやめない方がいいぞ」

「はい、今日の夕刻、向島の小染さんが店に見えて」

「おう、甲子と仲のいい芸者か」

「ええ、その方が私に……、女御輿を手伝ってくれないかと言ってきたんです」

志万は言って三代目の顔を見た。

三代目は驚く素振りも見せず、こくりとうなずいて言った。

「ほう、そんな話がな……」

志万は三代目の反応が意外だった。

「三代目、私にですよ」

「ああ聞いたよ。なるほどな」

「なるほどってどういうことでしょう」

「合点がいく話だってことだ。志万さんはそりゃ驚いたかもしれないが、芸者衆は芸者衆で一年中祭りのことを考えてるもんだ。もう担ぎ手がいないんだ。御輿にとっても芸者衆にとっても担ぎ手がいないことほど淋しいものはないんだよ。けど誰が担いでもいいってもんじゃない」

そこで三代目はグラスの焼酎をひと口飲んだ。

「どうして私なんです」

「それがわからねぇのか、志万さん」

「ええ、私は御輿を担いだこともないし、第一、私は地の人間じゃありません」

「皆はそうは思ってないさ。俺だって同じだ。俺が小染の立場なら、志万さんに話をすると思うよ。嫌なら断わればいい」

「嫌というんじゃなくて、何か手伝って差し上げることができれば」

「なら担いでみることだ」

それっきり二人とも口をつぐんだ。

三代目は立ち上がり、愛想して店を出た。表まで送り出すと、三代目が立ち止まり、振りむいてぽつりと言った。

「留次の兄さんが生きていたら、きっと同じことを言ったと思うよ。俺は見てみたいな、志万さんが御輿を担いでる姿を」

志万は台所のテーブルに頬杖ついて、水屋の上の留次の写真を見た。

笑顔の留次が志万をじっと見ていた。

『三社祭は氏子のためにあるんだ。浅草の人間すべてが氏子なんだ。おまえも今日から氏子になったってことだ』

あの日、留次が自分に言った言葉がよみがえった。

身体の火照りはおさまったが、何やら胸の奥の方で声が聞こえる気がする。身体の軸がかすかに右に左に揺れている。

「ボク、女将さんを見直しました。いや見直すなんて失礼です。尊敬しました」

カッチャンがグラスをかかげて背筋をのばしたまま、カウンターの中の志万にちいさく頭を下げた。

「ほんと艶《いろ》っぽかったわ。女の私が惚惚《ほれぼれ》したもの……」

保険会社の幸江がうなずいた。

三代目も黙ってうなずく。

「いい女振りだったね……」

小上がりから声がする。同席した靴工場の職人たちも同感という顔をして乾杯している。

他の常連客も嬉しそうに笑っている。

志万ひとりがカウンターの中でうつむいていた。

「皆さん、もう一度、乾杯しましょう」

カッチャンが立ち上がった。

客たちも立ち上がった。

「女将さんの見事な御輿の担ぎっ振りと、〝志万田〟と三社祭に乾杯」

乾杯、乾杯と声が続き、皆が拍手した。

志万は深々と頭を下げた。

「ありがとうございます。皆さん、そのくらいでもうかんにんして下さい」

カッチャンがしげしげと志万を見ている。祭りの日の志万の姿を思い返している……。

志万は甲子と三代目の用意した印半纏に身をつつみ、額にきりりと手拭いをしめ、白足袋に草鞋《わらじ》を履き、御輿を担いでいた。真っ直ぐに前を見つめた切れ長の目と真っ赤に紅を引いた口元から、ソイヤ、ソイヤと声を上げる。髪をひっつめた額がかすかに汗を掻《か》きかがやいていた。

総出で見物した客たちは志万の姿が見えると、ヨッ、志万田、日本一《にっぽんいち》、と掛け声を発した。

「母さんじゃないみたい……」

志津子が思わず声を上げる。

「いや、まいった」

三日の間、志万に担ぎを教えた三代目が、恐れ入ったという顔をしている。

「留次兄貴が惚れただけのことはあるな」

甲子が見惚れたように言った。

「女将さん、若いわ……」

美智江が言う。

「ヨッ、〝志万田〟」

また声が上がる。

その声も聞こえていないかのように志万は一点を見つめたまま進んでいく。

御輿の上の鳳凰が飛ぶように揺れ、五月の陽射しにかがやいている。

今年の女御輿は勢いがあるな、見物客から声がする。

五月晴れの空の下、浅草寺の境内を男と女がゆっくりと歩いている。

会田と志万である。

「祭りはいかがでしたか？」

「大変でした。もうこりごりです」

「じゃ今年限りだったんですか」

「……」

志万は返答をしなかった。

肩に痛みが残っていた。嫌な痛みではなかった。

御輿を担いでいる間は無我夢中で自分がちゃんと手伝えているのかもわからなかった。担ぎ、練り終え、御輿を拭き、直会《なおらい》の席で会長の姐さんに手を握られ、ありがとうございました、お蔭さまで……と目に涙をためて言われた時、志万も思わず目をうるませてしまった。小染がやってきて志万に抱きついた時は涙があふれた。どうして泣いているのかわからなかった。

「あの御堂は何ですか」

「弁天堂です。弁天さまがまつられているんです」

志万は弁天堂に目をやった。

遠い日、あの堂のそばで死んでしまおうとしていた若い女が浅草の男に救われた……。そのことさえが夢のように思われる。

前方から数人の子供たちが駆けてきた。

志万たちの横を通り過ぎようとした時、最後尾の子が石畳に足をとられて転んだ。

あっ、と志万は声を上げ、その子に手を差しのべた。起き上がった子が半べそをかいている。

志万は子供の足元が何ともないのをたしかめると、泣かないの、男の子でしょう、と言った。子供は下唇を噛んで、志万を見返した。見ると、先日〝志万田〟の店先で観光客の女に威勢を張った少年である。相手は志万を見て、わかってらあ、と言って駆け出した。

志万は苦笑した。

「男の子は泣いちゃだめですか」

会田が言った。

志万は会田の顔を見上げきっぱりと言った。

「私はそうは思いません」

「そうですか、安心しました」

会田が口元をゆるめた。

「こんなふうにこころをはずませて外を歩くことができるなんて思いませんでした。生きていてよかったと思います」

志万は会田の言葉に、いろいろあったのだと思った。

「そんなことを口になさってはいけません。観音さまに叱られますよ」

「そうですね。浅草のおんなの人は強いんですね」

「私は強くなんかありません。さあお昼にしましょう。その先に美味しい蕎麦屋さんがありますから……」

志万は先に歩き出し、一瞬足を止めた。

——今、この人が私を、浅草のおんなと呼んだ。

その時、一羽のハトが羽音を立てて五重塔の方に飛んで行った。志万は切れ長の目をゆっくりと上げた。

伊集院 静（いじゅういん・しずか）

一九五〇年山口県生れ。八一年短編小説「皐月」でデビュー。九一年『乳房』で第十二回吉川英治文学新人賞、九二年『受け月』で第百七回直木賞、九四年『機関車先生』で第七回柴田錬三郎賞、二〇〇二年『ごろごろ』で第三十六回吉川英治文学賞を受賞。主な著書に『海峡』『春雷』『岬へ』『美の旅人』『羊の目』『少年譜』『志賀越みち』『お父やんとオジさん』がある。

浅草《あさくさ》のおんな

二〇一〇年八月十日　第一刷発行

著者　伊集院《いじゅういん》静《しずか》
発行者　庄野音比古
発行所　株式会社　文藝春秋
〒一〇二-八〇〇八
東京都千代田区紀尾井町三-二三
電話　〇三-三二六五-一二一一㈹
印刷所　凸版印刷
製本所　加藤製本

 ISBN 978-4-16-329450-6